Fortunatus

(Fortuné)

Fortunatus

(Fortuné)

© 2022 – Christophe Noël
Édition : BoD – Books on Demand, info@bod.fr

Impression : BoD – Books on Demand, In de Tarpen 42, Norderstedt (Allemagne)
Impression à la demande

ISBN : 978-2-3220-4192-3

Dépôt légal : Janvier 2023

Également disponibles :

Nasr Eddin Hodja/Djeha :
Les Très-mirifiques et Très-édifiantes Aventures du Hodja (Tome 1)
Nasr Eddin Hodja rencontre Diogène (Tome 2)
Nasr Eddin sur la Mare Nostrum (Tome 3 **disponible chez l'auteur uniquement**)
Le Sottisier de Nasr Eddin (Tome 4) **disponible également chez l'auteur en format A4 - grands caractères**)
Nasr Eddin en Anglophonie (Tome 5)
Avant Nasr Eddin – le Philogelos (Tome 6)
Les Plaisanteries – Decourdemanche (Tome 7)
Candeur, malice et sagesse (Tome 8)
Les nouvelles Fourberies de Djeha (Tome 9)

Humour :
Le Pogge – Facéties – les Bains de Bade – Un vieillard doit-il se marier
Contes et Facéties d'Arlotto
Fabliaux Rigolos (anonymes du XII° et XIII° s. en français moderne)
Nouvelles Récréations et Joyeux Devis – Bonaventure des Périers
La Folle Enchère – Mme Ulrich/Dancourt
Les Contes aux Heures Perdues du sieur d'Ouville
La Nouvelle Fabrique – Philippe d'Alcrippe
Le Chasse-Ennui – Louis Garon
Anecdotes de la Vie Littéraire – Louis LOIRE
Almanacadabrantesque – Ch. Noël
Des milliers de Plaisanteries – H. Le Gai
L'esprit de M. de Talleyrand – Louis THOMAS
Les Fabuleux Résultats de la politique Sociale d'E. Macron – Ch. Noël (Amazon)
Anecdotes Normandes – Amable Floquet

Fabliaux - Nouvelles :
Fabliaux Coquins (anonymes du XII° et XIII° s. en français moderne)
Lais & Fables de Marie, dite de France (en français moderne)
Les Nouvelles de Bandello (1 à 21)
L'Oiseau Griffon – M.Bandello et F.Molza
Le Point Rouge – Christophe Voliotis

Philosophie :
Les Mémorables – Xénophon
La Cyropédie ou Éducation de Cyrus – Xénophon (à paraître)
La République des Philosophes - Fontenelle
La Ruelle Étroite – Marguerite de Valois
Diogène le Chien – Paul Hervieu

Romans/Divers :
L'École des Filles (chez TheBookEdition)
Sue Ann (chez TheBookEdition)
Rien n'est jamais acquis à l'homme

Au format e-book exclusivement :

Nathalie et Jean-Jacques – recueil de nouvelles
Jacques Merdeuil – nouvelle - version française (chez Smashwords/Google)
Le Point Rouge –nouvelle - version française (chez Smashwords/Google)

Les Fabulistes :
Les Ysopets – 1 – Avianus
Les Ysopets – 2 – Phèdre – *version complète latin-français*
Les Ysopets – 2 – Phèdre – version Découverte en français
Les Ysopets – 3 – Babrios – version Découverte en français
Les Ysopets – 4 – Esope – version Découverte en français
Les Ysopets – 5 – Aphtonios – version en français

Les Fabulistes Classiques – 1 – Benserade
Les Fabulistes Classiques – 2 – Abstémius - Hecatomythia I et II
Les Fabulistes Classiques – 3 – Florian
Les Fabulistes Classiques – 4 – Iriarte – Fables Littéraires
Les Fabulistes Classiques – 5 – Perret – 25 Fables illustrées

Philosophie/Politique :
De la Servitude volontaire – ou Contr'Un – La Boétie
La Désobéissance civile - Thoreau

Humour :
Histoire et avantures de Milord Pet
Eloge du Pet
Discours sur la Musique Zéphyrienne

Commandes avec dédicace : (à demander(christophenoel2020@gmail.com

ou https://www.bod.fr/librairie/

PRÉFACE

Le livre que voici est un livre dont on ne connaît ni l'auteur ni la date. On le trouve, avec des versions un peu différentes, dans toutes les littératures de l'Europe, en français, en allemand, en italien, en espagnol, en anglais, en suédois, en hollandais, en patois irlandais même. Uhland[1] l'a mis en vers. Hans Sachs[2] en a tiré une tragédie : FORTUNATUS AVEC SON SAC DE SOUHAITS (1553) et Thomas Decker[3], contemporain de Shakespeare, une comédie : LA COMÉDIE PLAISANTE DU VIEUX FORTUNATUS (1600). Tous les peuples ont adopté cet enfant de père inconnu. On ignore même dans quelle langue a été écrite la première version. En général, on pense que c'est en allemand. Mais les bibliographes, dont *Fortunatus* fait le désespoir, ne sont pas même d'accord sur ce point. La première édition de ce joli conte a bien été publiée en allemand, à Augsbourg (1509), mais qui voudrait jurer qu'elle est vraiment la première ? Les légendes qui forment le fond de ce récit ont une couleur d'Orient, et le grand goût de voyages attribué au héros, né à Chypre, semble dénoncer un auteur vénitien de la fin du XV° siècle ! Je crois qu'il est sage de laisser les érudits chercher le dernier mot d'un problème peut-être insoluble. Accueillons donc *Fortunatus* avec son origine incertaine, et écoutons ses aventures comme un récit qu'on nous ferait sous le masque, ce qui n'ôte rien à son piquant.

Fortunatus est, tout d'abord, un conte philosophique, d'une sagesse ancienne, et qui appartient à toutes les littératures. Sitôt qu'une civilisation se forme, sitôt qu'on sort du communisme et de l'indivision des sauvages[4], l'amour des richesses se développe chez l'homme. Cet amour est excellent en soi, aiguillon du travail et source du progrès, mais ses abus

---

1 Ludwig Uhland, né à Tübingen le 26 avril 1787 et mort à Tübingen le 13 novembre 1862, est un poète romantique allemand et un spécialiste de l'étude des langues.
2 Hans Sachs, né le 5 novembre 1494 et mort le 19 janvier 1576, est un poète allemand.
3 Thomas Dekker (Londres, v. 1572 — 25 août 1632) est un dramaturge anglais, probablement d'origine hollandaise, contemporain de William Shakespeare.
4 (sic !)

sont funestes. L'amour des richesses fait naître l'avarice, l'égoïsme, les discordes et l'envie, jusque dans le sein des familles. Et, sitôt qu'il se répand et grandit, des philosophes arrivent, loués plutôt que suivis en leurs conseils, qui viennent vous assurer que l'argent ne fait pas le bonheur et que « contentement passe richesse », comme a dit La Fontaine. Il y a tout un cycle d'œuvres, qui sont dans toutes les littératures, sur cette donnée, et qui, si elles n'ont pas souvent appris aux riches le mépris de la fortune, ont du moins consolé **quelquefois** ceux à qui elle a refusé ses présents.

Fortunatus est une de ces œuvres, un de ces plaidoyers en faveur de la médiocrité, mais du repos dans la vie, plaidoyer sans pédanterie et dont l'agréable couleur légendaire fait oublier la banalité.

Notre héros, né dans l'île de Chypre, est un homme comme les autres, ni très bon, ni très méchant, beau d'ailleurs, bien doué, qui, fils d'un gentilhomme ruiné, se met en tête de courir le monde. Au premier détour de chemin, il rencontre la Fortune. Cette Fortune, c'est la déesse aveugle des anciens, qui répand ses dons au hasard. L'idée que tout est heur et malheur en ce bas monde est une idée commune à tous les peuples qui, peu heureux et peu libres, se sont réfugiés dans un fatalisme résigné. Elle domine l'Antiquité et le Moyen Âge. Il ne serait pas tout à fait juste, aujourd'hui, de considérer ainsi la Fortune. Certes, la chance est beaucoup dans la vie, et les hasards, heureux ou malheureux, de la naissance dominent parfois l'existence entière. Mais le génie ou simplement la constance de l'effort humain savent lutter contre la fatalité et en triompher. Si la Fortune n'a pas perdu son bandeau, on peut dire qu'elle paraît parfois le soulever pour s'offrir aux plus dignes ou aux plus hardis.

Mais, ici, la Fortune est bien l'aveugle déesse, et c'est par un pur caprice qu'elle s'intéresse à notre héros. Elle lui remet une bourse qui, sitôt vidée, se remplit, non pas de monnaie de cuivre, comme la bourse du Juif errant, mais de belles pièces d'or ayant cours dans tous les pays. À ce talisman déjà précieux Fortunatus en joint bientôt un autre, dû à son industrie. Il dérobe au Soudan[5] d'Égypte un chapeau grâce auquel on peut disparaître et se transporter en tous lieux. La façon dont Fortunatus se procure ce couvre-chef merveilleux n'est pas très conforme aux strictes lois de la morale. Il trompe et vole son hôte. Mais il est vrai que cet hôte est

---

5   Le mot « soudan » est un synonyme vieilli de sultan, qu'on donnait particulièrement aux sultans d'Égypte ou de Syrie.

un *infidèle*. Équiper un navire, aller aux pays musulmans et y pirater quelque peu, sans nul scrupule, c'est bien là un trait de caractère d'un Vénitien du XV° siècle ; et, sans pousser plus loin, je trouve dans ce goût des voyages et dans cet esprit de fourberie une raison de croire que notre conte est peut-être italien d'origine.

Avec sa bourse et son chapeau, Fortunatus marche à la conquête du monde. Il va en Flandre, en Angleterre, en France ; il est choyé dans son propre pays ; il est même aimé des filles de rois, parfaitement sensibles aux mérites de la bourse inépuisable, ce qui ne donne pas une haute idée de leur vertu et ce qui me paraît fort irrespectueux. Mais, avec la fortune, il connaît les désillusions, les jalousies, les calomnies et les misères du cœur. Cependant il lègue en mourant ses talismans à ses deux fils, dont la destinée est plus tragique. Les deux frères agissent vis-à-vis l'un de l'autre sans loyauté. Ils perdent leurs talismans et ont toutes les peines du monde à les reconquérir. Enfin, après cent aventures dont je ne veux pas déflorer le récit, l'un meurt avec chagrin, et l'autre est assassiné par les seigneurs de son pays, jaloux de ses richesses.

Il faut reconnaître que la composition de *Fortunatus* n'est pas très habile, si nous lui appliquons nos idées d'aujourd'hui. Le conte finit et recommence avec Fortunatus d'abord, puis avec ses deux fils, Andolosie et Ampedo. Il faut avouer encore que certains épisodes viennent s'y greffer, qui ne tiennent guère au récit et qui n'ont pas de rapport bien précis avec la donnée morale de l'œuvre. Mais c'est justement ceci qui donne à *Fortunatus* son caractère de composition populaire. Les rédactions ont dû être nombreuses avant d'arriver à celle qui peut passer pour définitive, et il est certain que les auteurs successifs de chaque version ont volontiers ajouté à la légende primitive les épisodes qui les avaient frappés dans la vie de leur temps. C'est ainsi que *Fortunatus* a pris un double caractère, un triple caractère même, fort intéressant : il y a en lui du roman d'aventures et de mœurs, tel que *Gil Blas*, du conte philosophique à la façon de Voltaire, et aussi des récits légendaires que le Moyen Âge et la Renaissance empruntèrent, pour la plupart, à l'Orient.

Le fantastique est vieux comme le monde. Les sociétés les plus civilisées, on le voit par notre exemple, retournent toujours très volontiers au surnaturel, et quand celui-ci reste confiné dans le domaine de l'art, c'est encore une merveille et un bonheur ! Dangereux dans la science et dans les choses de la religion et de la politique, le surnaturel est une porte laissée ouverte à l'imagination, qui n'abdique jamais ses droits. Seulement, le fantastique diffère sensiblement selon les temps et selon les peuples. Aujourd'hui, par exemple, en dehors de quelques fantaisies, qui sont presque toujours de seconde main et franchement imitées, nous ne goûtons qu'une sorte de fantastique qu'on pourrait presque appeler rationnel. Il prend naissance, en effet, soit dans une observation scientifique, soit dans une observation des états maladifs de l'esprit. M. Verne, par exemple, un des maîtres dans l'art du merveilleux scientifique, prend une observation fort juste en soi, et son artifice consiste à considérer comme résolus les problèmes qui ont cette observation à leur base. Puisqu'on tire le canon à dix kilomètres, pourquoi, en augmentant la charge et la résistance du métal, n'irait-on pas, dans un obus, de la terre à la lune ? On plonge avec des torpilleurs et des scaphandres : pourquoi ne perfectionnerait-on pas le bateau sous-marin et l'habit du plongeur de façon à créer la vie sous-marine ? C'est ainsi qu'ont pris naissance toutes les inventions des voyages extraordinaires qui peut-être un jour, qui sait ? ne seront pas tous extraordinaires.

Une autre des sources du fantastique moderne, c'est l'hallucination sous toutes ses formes, si variées. Certes, il y a toujours eu des hallucinés, et, particulièrement au Moyen Âge, l'hallucination se développa jusqu'à l'épidémie. L'Antiquité la connut, sut la faire naître par des breuvages particuliers qu'on donnait à boire à certains initiés des cultes mystiques[6] qui, de l'Asie, envahirent la Grèce. Mais le propre des hallucinés du passé, c'est de croire, même réveillés ou guéris, à la réalité du rêve, et tout le monde y croyait avec eux. Quand on brûlait une sorcière qui avait vu le diable, elle jurait l'avoir vu, et tout le monde le pensait de même. Singulière folie, où les victimes et les bourreaux étaient également de bonne foi ! Dans notre littérature, surtout depuis Hoffmann et Edgar Poë, le fantastique est autre. Il naît presque toujours d'un état de l'âme, amour, remords, qui, par quelque hasard ingénieux, développe une crise d'hallucination qui entraîne des conséquences dramatiques.

Rien de semblable ne se trouve dans le merveilleux de *Fortunatus*. Ce merveilleux se rapproche plutôt de celui des contes de fées donneuses de

---

6   Ainsi des Haschichins (dont est issu le mot *assassin*) et du Maître de la Montagne.

talismans, et surtout de celui des *Mille et Une Nuits*. Il ne serait pas difficile de retrouver les origines orientales de notre héros. Son chapeau, qui est devenu plus tard, en Allemagne, le manteau magique sur lequel Goethe fait voyager Méphistophélès et Faust, a des vertus très analogues à l'anneau de Salomon et à l'anneau de Gygès. La bourse inépuisable est une bourse qui a été aux mains des Génies bienfaisants de la Perse et de la Chaldée. Et on peut remarquer ce trait, commun à presque toutes les légendes orientales, que la Fortune ne récompense pas l'effort humain, mais va répandre ses bienfaits comme au hasard, selon les lois d'une fatalité aveugle. Le souvenir des contes d'Orient se précise encore dans la façon dont Andolosie récupère le talisman de son père aux mains de la fille du roi d'Angleterre, Ces médecins qui s'introduisent dans l'appartement des femmes avec des secrets et des onguents merveilleux pour tenter leur curiosité et leur coquetterie, ce sont les médecins des harems. Pour dérober à Aladin sa lampe merveilleuse, les procédés sont les mêmes que pour faire acheter, dans notre conte, les pommes fatales. Enfin, dans ce verger en pays inconnu, où poussent des fruits qui rendent l'homme qui les mange semblable aux bêtes, ou qui le guérissent, il n'est pas interdit de retrouver un souvenir lointain du Paradis terrestre et de l'arbre de la science du bien et du mal.

Car le champ de la légende, si vaste qu'il paraisse d'abord, est bien plus restreint qu'il ne semble. Les fables qui nous charment arrivent à nous de très loin, presque toujours les mêmes, sous des costumes divers. Et elles nous plaisent toujours, à toutes les époques comme à toutes les périodes de la vie. Les enfants, dans les récits merveilleux, ne voient que le merveilleux. Ils s'extasient devant ce que l'imagination des conteurs a ajouté aux lois de la nature. Les surprises comiques du fantastique les mettent en de grandes gaietés, et ils se réjouissent aussi bien de la houppe rouge de Riquet que des cornes de bélier qui poussent à la princesse Agrippine. Tout ce qui sort des habitudes que l'observation a déjà données à leur esprit est une récréation délicieuse, et il n'y a pas de mal à aimer les contes pour les contes, comme ils le font, sans y entendre malice. Je m'y suis laissé prendre pour *Fortunatus*, et peut-être le plaisir le plus grand que j'aie trouvé à ce récit est-il le plaisir naïf de l'enfant qui n'y cherche pas des leçons, mais une distraction de son imagination demi-crédule encore et éveillée.

Cependant il faut encore, dans les contes, chercher autre chose. Ce sont presque toujours les os à moelle dont parle Rabelais, grand faiseur de contes aussi, où l'on trouve, en les brisant, la substance et la moelle philosophique. Je ne reviens pas sur la signification morale de *Fortunatus*. Mais il s'ajoute à la leçon que nous en pouvons tirer un sujet d'études de mœurs qui a également son prix et qu'il convient de noter. Il est curieux d'observer qu'à mesure que le goût des voyages se développe, que l'on va plus loin et plus souvent hors de chez soi, que les moyens de transport sont plus nombreux, l'aventure disparaît. Pour la connaître, il faut aller dans les pays barbares. Jadis il suffisait de sortir de sa ville pour rencontrer des aventures. On voyageait à pied, à cheval, en coche, souvent contraint à des associations que le hasard réglait seul. On séjournait longtemps dans les villes, où l'on recevait, sous des formes diverses, l'hospitalité, où l'on se liait avec toutes sortes de gens. Le caractère des voyages d'autrefois éclate au plus haut degré dans *Fortunatus*. En Égypte, en Flandre, à Venise, à Londres, partout nos héros font, sur leur bonne mine et sur le crédit que leur donne la bourse inépuisable, des connaissances variées, depuis celle des rois jusqu'à celle d'aventuriers assez peu recommandables. Ces mœurs et le grand goût des tournois, des fêtes, des exercices d'adresse et de sport, – dirions-nous aujourd'hui, – donnent, plus que le reste, une date à *Fortunatus*. C'est vers la fin du XVe siècle que la jeunesse se mit ainsi en quête de la fortune et des bonnes fortunes. Et, dans notre conte, on rencontre jusqu'à des renseignements assez précieux sur la façon dont se faisait alors le commerce et sur les hasards de tout genre où s'exposaient ceux qui le pratiquaient.

Les lecteurs, du reste, n'ont pas besoin qu'on leur dise trop le fruit et l'agrément qu'ils vont tirer de leur lecture. Il n'y a pas à justifier les éditeurs qui ont eu la bonne pensée de nous rendre, dans une forme définitive et attrayante, un livre devenu rare autant qu'il était resté célèbre, et qui, légende merveilleuse, conte philosophique ou tableau de mœurs, est un document littéraire d'une valeur universellement admise. Mais un tel livre avait besoin d'un joli bout de toilette et aussi du secours d'un crayon dont je n'ai pas à dire l'habileté. L'illustration est devenue un besoin pour les œuvres d'imagination. Elle donne un corps aux inventions du conteur et une réalité à ses fictions. Quel est celui des hommes de notre âge qui, se reportant au passé, ne retrouve pas dans sa mémoire, avec une précision singulière, le souvenir des images qui accompagnaient ses premières lectures ? Images souvent grossières alors, vignettes d'un goût bigarre et d'une exécution maladroite, mais qui restaient néanmoins gravées en nos cerveaux. En cela plus qu'en toutes autres choses nous pouvons constater les progrès étonnants accomplis depuis trente ans. Et c'est un luxe contre lequel personne ne saurait s'élever et réclamer des lois somptuaires que ce luxe des beaux livres, qui donne à la pensée des poètes et des conteurs la mise en scène et le vêtement précieux qui doublent leur valeur et leur charme. Par la réimpression en tête de laquelle j'écris ces quelques lignes, on peut dire que *Fortunatus* a enfin trouvé une patrie et que l'hospitalité que nous lui donnons, après ses aventures mystérieuses, le fait définitivement nôtre.

HENRY FOUQUIER[7].

---

7   Jacques François Henry Fouquier, né le 1er septembre 1838 à Marseille et mort le 25 décembre 1901 à Neuilly-sur-Seine, est un journaliste, écrivain, dramaturge et homme politique français. C'est le beau-père de Georges Feydeau.

14

NOTE DES ÉDITEURS

On a pensé que le conte suivant, tiré des *Gesta Romanorum*, avait pu servir de type à l'histoire de *Fortunatus*. Il nous a paru, en tout cas, très intéressant de le reproduire ici. La traduction que nous en donnons a déjà été imprimée en tête de l'édition des *Aventures de Fortunatus* qui a paru en 1853 dans la Bibliothèque choisie de Pierre Jannet.

De la subtille déception des femmes et excecation des deceuz.

Daire[8] regna grandement sage, qui eut trois enfants qu'il aima moult singulièrement. Comme il devoit mourir, tout son héritage donna par testament à son premier né ; au second, tout ce qu'il acquist en son temps ; et au tiers, trois precieulx joyaulx, c'est assavoir : ung anneau d'or, ung fermail ou monile, semblablement ung drap précieux. L'anneau avoit telle grâce que qui en son doy le portoit, il estoit de tous aymé, si qu'il obtenoit tout ce qu'il demandoit. Le fermail faisoit à celluy qui le portoit sur son estomach obtenir tout ce que son cœur pouvoit soubhaicter, et le drap précieux estoit de telle vertueuse et semblable complection qu'il rendoit celluy qui dessus se séoit au lieu où il vouloit estre tout soubdainement. Ces trois joyaulx à son enfant le moindre d'aage donna pour l'entretenir aux estudes, et le faisoit par sa mère garder. Le roy mourut, et fut la terre de son corps enrichie par sa sépulture. La mère bailla l'anneau à son dernier enfant, et l'envoya à l'escole, disant : « Mon enfant, garde toy bien que par la déception des femmes ton anneau ne perdes. » Il print son anneau et s'en alla aux escoles pour proffiter. Et avoit nom Jonathas. Quelque jour une jeune pucelle moult belle rencontra, en la place de laquelle son cueur fut amoureux. Il la mena avecques lui, et portoit toujours son anneau en son doy, si que chacun l'aymast. La fille s'esmerveilla comment il pouvoit vivre si précieusement, veu qu'il n'avoit point d'argent. Elle lui demanda ung jour la cause de cela, lequel, oubliant de l'advertissement de sa mère, ne

---
8   Darius.

pensant aussi à la cautelle des femmes, luy dist la raison et vertu de l'anneau. Lors dist la fille : « Tu vas toujours entre gens, en la fin tu le pourras bien perdre ; baille le moy à garder, et je le garderay loyaulment. » Il luy bailla l'anneau, lequel depuis il ne peut recouvrer. Parquoy il plora fort et gémit, pource qu'il n'avoit de quoy vivre. Parquoy il s'en vint à sa mère plaindre de son anneau. Sa mère luy dist : « Je t'avois bien dit que te gardasses de la déception des femmes. » Elle luy bailla adoncques le fermail, disant : « Garde le mieulx que l'anneau, car, si tu le pers, de ton honneur privé seras. » L'enfant Jonathas print le fermail et s'en retourna aux escoles. Lors son amoureuse luy accourut à la porte de la cité. Il la mena comme devant avecques luy. Elle s'esmerveilloit comme devant comment il estoit possible de vivre si tres plantureusement, parquoy elle se doubta que il avoit quelque bague d'autre sorte, comme l'anneau. Tant fut Jonathas interrogé, qu'il luy bailla le fermail, et lui interpréta sa nature, toutefois ce ne fut pas sans parler et longuement requerre. Quand tous les biens furent despenduz, il demanda son fermail, et la fille luy jura qu'elle l'avoit perdu par larrecin, dont Jonathas fut moult dolent, et dist que il estoit bien hors du sens quand l'anneau luy bailla, et encores plus le fermail. Il retourna à sa mère, qui le blasma et luy dist : « Helas, mon doulx enfant, comment oses-tu ainsi le fol faire ? Ja par deux fois tu as esté trompé et deceu par la cautelle et déception des femmes. Je n'ay plus à toy chose qui soit que ce drap. Si tu le perds, au grand jamais ne te trouve devant moy. » Il print le dessusdit drap et s'en retourna à l'escole. Lors comme devant fut de son amoureuse de rechief abusé. Il estendit son drap et le mit dessous la pucelle, luy pareillement, puis dit : « Pleut à notre benoist Saulveur et Rédempteur Jesuchrist que nous fussions maintenant en lieu où homme ne va et où nul ne habite. » Tout ainsi fut fait. Ils se trouvèrent en la fin du monde, dedans une forest, loing des hommes. La fille fut moult dolente d'estre là arrivée. Lors commença à elle dire son amoureux Jonathas que il la lairroit là aux bestes sauvages dévorer si elle ne luy rendoit les deux bagues que elle avoit, ce qu'elle luy promist de faire s'il estoit possible. Plus que devant fut le dessusdit Jonathas de son amoureuse deceu. Il exposa la vertu du manteau, et se coucha dessus, et mit en son giron sa teste, commençant à dormir. La fille tira le manteau soubz elle, puis commença à désirer et dist : « Pleust à Dieu que je fusse là où j'etois au matin », et lors elle y fut. Quand Jonathas fut excité de son dormir, il fut moult dolent, se voyant ainsi deceu, et ne sçavoit où aller. Toutesfois fist le signe de la croix et se mist en quelque voye qui le mena à un fleuve profond, par lequel il failloit passer. L'eaue de cedit fleuve estoit si chaulde, pareillement si amere, que elle luy brusla tout les piedz, tellement que il avoit tous les os de la chair des piedz séparée. Le povre Jonathas, de ce fort dolent, print de la liqueur de l'eaue de ce fleuve dans un petit vaisseau que il avoit apporté avecques luy. Et ledit Jonathas, allant plus oultre, commença à avoir faim. Il veit aucun arbre parquoy il mangea du fruict, et fut ledit Jonathas fait par la commenstion[9] dudict fruict adoncques ladre[10]. De ce fruict emporta avec luy aussi, puis après il vint à ung autre fleuve par lequel il passa, et luy restaura par sa nature la blessure de ses piedz. Il print de l'eaue dudit fleuve dedans un petit vaisseau, et l'aporta avecques luy. Et, plus oultre passant et procédant, il commença à avoir faim. Il veit ung arbre prés de là, et en mangea du fruict, et tout ainsi qu'il avoit esté par le premier fruict fait ladre, pareillement il fut par le second guery. De ce fruict print et porta avecques luy comme de l'autre. Comme il cheminoit plus oultre, veit ung chasteau et deux hommes rencontra qui l'interroguerent qui il estoit ; et il leur respondit qu'il estoit parfait médecin. Lors dirent les autres : « Si tu pouvois ung homme ladre guérir, qui est au chasteau du roy, tu serois fait bien riche. – Je le feray bien », dist-il. Il fut envoyé au roy, qui luy commenda le malade, lequel il guérit par le moyen du second fruict qu'il avoit gousté, qui estoit de nature pour guerir les malades, et de l'eaue seconde, qui faisoit consolider la chair et reprendre. Le roy luy fist de moult beaulx et precieulx dons. Jonathas puis après trouva la nef de son pays et se mist dedans pour venir en sa cité et y vint. D'aventure son amoureuse estoit lors fort malade. Le bruict vola partout que Jonathas estoit tresgrand medecin. Il fut envoyé querir pour elle. Point n'estoit cogneu ni d'elle ni d'autruy, mais long temps avoit qu'il la congnoissoit bien. Si luy dist : « Ma treschiere dame, si vous voulez que je vous donne santé, il fault premièrement que vous vous confessez de tous les pechez qu'avez commis, et que vous rendez tout de l'autruy, s'il est ainsi que aucune chose vous en ayez. Tout autrement jamais ne seriez guérie. » Lors elle se confessa à haulte voix comment elle avoit trompé ung nommé Jonathas d'ung anneau, d'ung fermail et d'ung drap, et com-

---

9 Consommation.
10 Lépreux.

ment elle l'avoit laissé au bout du monde, dedans une forest, entre les bestes. Lors dist Jonathas incongneu : «Dis moy où sont ces trois choses. — En ma chambre», dist la fille. Lors elle bailla les clefz à Jonathas, qui les trois joyaulz trouva en son arche. Ce fait, il luy bailla du premier fruict que il avoit mangé et de l'eaue chaulde, puis commença la fille lors à crier lamentablement, car elle devint lépreuse. Jonathas s'en alla à sa mère. Tout le peuple fut de son retour joyeulx. Il racompta toutes ses malédictions, et enfin mourut.

LES AVENTURES DE FORTUNATUS

========================

CHAPITRE PREMIER

De la naissance de Fortunatus et du commencement de sa bonne et de sa mauvaise fortune

Dans l'île de Chypre est une ville appelée Famagouste[11], en laquelle demeurait jadis un gentilhomme, nommé Théodore, qui descendait d'une ancienne race. Ses ancêtres lui avaient laissé de grands biens, mais, sans se mettre en peine de ce qu'il avait fallu de travail et d'économie pour acquérir ces richesses, il menait joyeuse vie, s'abandonnant tout entier aux plaisirs. Il ne manquait pas une occasion d'étaler sa magnificence. Il se trouvait constamment aux joutes et aux tournois, s'exerçait à monter à cheval, et s'efforçait de briller à la cour du roi. Il dissipa ainsi la plus grande partie de ses biens.

---

11 Famagouste (en grec moderne : Αμμόχωστος /a'mːoxostos/ Ammokhostos) est une ville portuaire située sur la côte est de Chypre. Sa population est de 42 000 habitants. Fondée vers 300 av. J.-C. sur le site antique d'Arsinoé, Famagouste reste un petit village de pêcheurs pendant une longue période, puis se développe en un petit port de commerce qui devient au fil des siècles un des plus importants de la Méditerranée. Sous le règne des Lusignan (1192-1489), elle est capturée par la République de Gênes en 1372. En 1402, le roi Janus tente vainement de la reprendre. Elle échoit en 1489 aux Vénitiens.

Ses amis regrettaient de le voir marcher vers sa ruine. C'est pourquoi, après l'avoir vainement engagé à vivre avec plus d'économie, ils lui conseillèrent de se marier, pensant le ramener, par ce moyen, à un train de vie plus sage. Il leur répondit qu'il suivrait leur conseil et les pria de lui chercher une femme. Ils jetèrent les yeux sur la fille d'un gentilhomme qui vivait en ce temps-là à Nicosie[12], séjour ordinaire du roi.

Leur demande fut bien accueillie, car Théodore passait pour un homme riche et honorable. La belle Gratiane lui fut donnée sans difficulté, et Théodore, pour faire parade de ses richesses, fit célébrer les noces avec beaucoup de pompe.

Après plusieurs jours de réjouissances, ses convives le quittèrent, et il commença à vivre avec sa femme tranquillement et de la manière la plus convenable. Ses amis en étaient bien satisfaits, car ils pensaient que le mariage avait corrigé Théodore du penchant pour le luxe et la dépense. Ils oubliaient qu'il est bien difficile à l'homme de renoncer aux habitudes qu'il a contractées dès sa jeunesse.

Or, avant la fin de l'année, Gratiane lui donna un fils. Théodore et tous ses amis furent si joyeux de la naissance de cet enfant qu'ils l'appelèrent Fortunatus.

Cependant Théodore ne tarda pas à reprendre ses anciennes habitudes. Il montait tous les jours à cheval, assistait aux joutes et aux tournois, entretenait un grand nombre de chevaux et de serviteurs, allait à la cour, et se souciait fort peu de sa femme et de son enfant. Ayant épuisé ses revenus, il vendait aujourd'hui un héritage, et demain un autre, si bien qu'il ne lui resta bientôt plus rien à vendre. Enfin, il se vit réduit à une telle pauvreté qu'il ne pouvait plus avoir ni serviteur ni servante, et que Gratiane était obligée d'apprêter

---

12 Nicosie, également appelée Lefkosia (310 500 hab), est la capitale de Chypre. Ledra (Λήδρα) ou Ledrae était une cité-État antique fondée en 1050 av. J.-C. La ville de Nicosie était le siège des rois de Chypre (les Lusignan) à partir de 1192. Elle devint possession des Vénitiens en 1489, puis des Turcs le 25 juillet 1570.

elle-même les repas et de faire de ses mains tous les travaux de ménage.

Un jour qu'ils étaient à table, Théodore, à qui la maigreur du dîner inspirait de tristes réflexions, jeta un regard sur son fils et se mit à soupirer. Fortunatus avait alors dix-huit ans. Il savait lire et écrire tout au plus, mais il s'entendait merveilleusement à monter à cheval, à dresser des oiseaux de proie, à chasser au vol ou à courre, car il passait à ces exercices la plus grande partie de son temps. Il remarqua la tristesse de son père et lui dit :

— Mon père, pourquoi soupirez-vous de la sorte ? J'ai observé que toutes les fois que vous me regardez vous devenez triste. Je vous supplie de me dire si je vous ai offensé en quelque chose, car je suis prêt à me corriger et à vivre dorénavant selon votre volonté.

Son père lui répliqua :

— Mon fils bien-aimé, mon regret et mon déplaisir ne viennent point de votre faute. La misère où je me vois réduit maintenant est la seule cause de ma tristesse, et je n'en puis blâmer personne que moi-même. Mes ancêtres m'avaient laissé de grands biens, que j'aurais dû garder pour conserver à notre lignée sa réputation et sa gloire ; mais, hélas ! je les ai dissipés. C'est pourquoi, quand je songe au sort que je vous ai préparé, mon cœur se serre si fort de tristesse que je ne puis dormir ni jour ni nuit. De plus, je me vois abandonné de tous ceux à qui j'ai si libéralement prodigué mon bien, et qui ne me regardent plus que comme un homme de néant.

À quoi Fortunatus répondit :

— Je vous prie d'abandonner votre tristesse et de n'avoir aucun souci de moi. Je suis jeune et fort ; j'irai voir les pays étrangers, et je me mettrai au service de quelque honnête seigneur. Il y a encore du bonheur dans le monde, et j'espère que Dieu me favorisera. Quant à vous, mon père, vous vous mettrez au service du roi, qui vous aime et ne vous laissera pas dans le besoin, pas plus que ma mère. Pour moi, je suis maintenant sorti de l'enfance ; je vous remercie de m'avoir élevé jusqu'à présent, et vous supplie de ne plus vous inquiéter de moi.

Ayant dit cela, Fortunatus sort de la maison, son oiseau sur le poing, et s'en va vers le rivage de la mer, songeant au moyen de ne pas retourner chez son père, afin de ne plus lui causer de tristesse.

Comme il pensait à cela, il aperçut dans le port une galère de Venise, qui venait de Jérusalem et avait amené un comte de Flandres, qui était alors auprès du roi. Fortunatus apprit que ce comte avait perdu un de ses serviteurs, et il dit en lui-même : « Si je pouvais entrer au service de ce seigneur et voyager avec lui, j'irais si loin que je ne retournerais jamais en Chypre. » En ce moment, le comte revenait, accompagné de plusieurs gentilshommes, pour s'embarquer. Fortunatus lui fit une gracieuse révérence et lui dit :

— Monseigneur, j'ai appris que vous aviez perdu un de vos serviteurs. Si vous en désirez un autre, je suis prêt à vous servir.

Le comte vit bien tout de suite que c'était un jeune homme de bonne maison, et lui demanda ce qu'il savait faire. Fortunatus lui répondit qu'il savait chasser aux oiseaux et aux bêtes sauvages, et qu'au besoin il pourrait servir d'écuyer.

— Cela me conviendrait, dit le comte ; mais je suis d'un pays si éloigné que vous ne voudriez peut-être pas quitter le vôtre pour me suivre.

— Monseigneur, repartit Fortunatus, vous ne sauriez aller si loin que je ne souhaite d'aller plus loin encore.

Le comte lui demanda combien il voulait de gages. Fortunatus répondit qu'il n'en demandait point, et qu'il s'en rapportait à sa générosité.

Cette réponse plut au comte, qui lui commanda de se tenir prêt. Aussitôt il laissa aller l'oiseau qu'il tenait, et, sans dire adieu à son père ni à sa mère, sans prendre congé de personne, il s'embarqua dans la galère du comte, abandonnant son pays, quoique avec fort peu d'argent. Ils eurent le vent si favorable qu'ils arrivèrent en fort peu de temps à Venise.

CHAPITRE II
Comment Fortunatus obtient la faveur du comte de Flandres

Quand ils furent arrivés à Venise, le comte, qui avait déjà vu toutes les richesses et les magnificences de cette ville, songea à retourner dans son pays. En partant pour accomplir le vœu qu'il avait fait de visiter la Terre sainte, il s'était promis d'épouser, à son retour, une princesse jeune et belle, la fille du duc de Clèves, si Dieu lui accordait la grâce d'accomplir son pèlerinage. L'amour qu'il ressentait pour sa belle fiancée le portait à hâter son retour. Il acheta à Venise des chevaux, quantité de pierreries, des velours et des draps d'or, et tout ce qui pouvait servir aux magnificences d'une noce somptueuse.

Mais, quoiqu'il eût plusieurs domestiques, Fortunatus était le mieux fait et le plus adroit de tous, ce qui plut si fort au comte qu'il le prit en affection. Fortunatus, qui s'en aperçut fort bien, se rendit tous les jours plus agréable à son maître par ses services. Après que le comte eut acheté plusieurs chevaux, dont quelques-uns étaient vicieux et indomptés, il les distribua à ses domestiques, et donna un des meilleurs à Fortunatus, ce qui excita l'envie des autres contre lui. Ils le maudissaient tout bas, mais ils étaient contraints de se taire et de le laisser en repos, car ils n'osaient pas le blâmer ni le calomnier devant leur maître.

Le comte arriva enfin dans son pays, où il fut reçu magnifiquement de tous ses sujets, qui l'aimaient avec passion, car il était bon et rempli de vertus. Ils remercièrent Dieu de l'avoir ramené d'un si long voyage, et lui parlèrent de ses noces. Il en fut satisfait, et les pria instamment d'achever ce qu'ils avaient commencé, de sorte qu'on lui donna en mariage la fille du duc de Clèves.

Les noces furent magnifiques. Il y vint un grand nombre de seigneurs et de gentilshommes, qui s'exercèrent aux joutes et aux tournois en présence des nouveaux époux. Mais de tous les écuyers que les seigneurs amenèrent, nul ne plut autant que Fortunatus, et tout le monde était en peine d'apprendre d'où il était venu. Le comte leur dit qu'il l'avait pris à son service en revenant de Jérusalem; que les oiseaux en l'air et les bêtes sauvages dans les bois n'étaient guère assurés devant lui; que, de plus, il savait fort bien servir et discerner chacun selon sa qualité. La bonne estime de son maître fut cause qu'on lui fit plusieurs présents, tant de la part des princes et des seigneurs que de celle des dames.

CHAPITRE III

Comment Fortunatus gagna des prix à la joute et comment il s'enfuit de la cour du comte de Flandres

Après que les princes eurent fini les joutes et les tournois, le duc de Clèves et le comte son gendre offrirent deux bagues[13] de la valeur de 600 livres aux domestiques des seigneurs qui étaient venus à la fête. Le premier jour qu'ils coururent, un des serviteurs du duc de Brabant gagna une bague, et Fortunatus l'autre, ce qui attrista tellement les autres domestiques qu'ils prièrent le serviteur de ce duc de faire appeler Fortunatus, afin de voir qui emporterait les deux bagues. Les deux champions y consentirent, ce qui causa beaucoup de joie à tout le monde. Ils s'apprêtèrent donc, et vinrent sur la place l'un contre l'autre ; mais, à la quatrième course, Fortunatus fit tomber son adversaire et gagna les deux joyaux. Cette victoire lui attira l'envie de ses camarades et causa de la joie à son maître qui ne savait pas que Fortunatus fût envié de ses serviteurs.

Or, il y avait parmi eux un vieillard, subtil et malicieux, nommé Robert, qui disait souvent : « Si j'avais de l'argent, je ferais partir notre Italien à la hâte sans dire même adieu au maître, et je le ferais si subtilement qu'on ne soupçonnerait personne. » Ils lui répondirent : « Si vous pouvez le faire, pourquoi tardez-vous tant ? » Il dit : « Je n'en puis venir à bout sans argent ; mais donnez-moi chacun un demi-écu, et, si je ne le fais partir promptement, je m'engage à vous rendre à chacun un écu. »

---

13 Le jeu de bague est un jeu qui consiste à enfiler et enlever, avec une lance, un stylet ou tout autre objet pointu, des bagues ou anneaux de métal suspendus l'extrémité d'une potence inclinée, dans laquelle ils sont passés à la suite l'un de l'autre entre deux rainures et, descendent en vertu de leur propre poids. Il fut l'un des divertissements ordinaires des tournois au Moyen Âge (notre histoire se passe probablement au XV° siècle), et, dans les carrousels qui eurent lieu sous le règne de Louis XIV, on courut la bague en char.

Ils en furent contents, et ceux qui n'avaient point d'argent en empruntèrent à leurs compagnons, de sorte qu'ils apportèrent 15 écus à Robert, qui leur ordonna de tenir la chose secrète et de faire leur devoir comme auparavant, ce qu'ils promirent tous.

Robert commença dès lors à se familiariser beaucoup avec Fortunatus. Il était toujours avec lui, lui récitait plusieurs choses arrivées autrefois au pays, et l'introduisait auprès des belles femmes. Fortunatus y prenait un extrême plaisir, et Robert n'oubliait jamais de faire apporter du vin et les friandises qui étaient le plus au goût de Fortunatus. Il louait extraordinairement ses qualités et sa noblesse, lui assurant qu'il l'aimait plus que son propre frère, et que tout ce qu'il avait était à son service.

Cette familiarité dura si longtemps, que les autres serviteurs s'en ennuyèrent et disaient : « Robert croit-il chasser Fortunatus en menant cette vie ? Il s'abuse, car, s'il était encore en son pays, sachant la bonne vie qu'on mène en celui-ci, il y viendrait en poste. Si Robert ne tient point sa promesse, il faut qu'il nous rende les 30 écus. » Robert se moqua d'eux, et leur dit que sans leur argent il ne pourrait pas faire si bonne chère.

Or, un soir, bien tard, comme le comte était déjà couché avec sa femme, Robert entra dans la chambre de Fortunatus, et lui parla en ces termes :

— J'ai appris de monsieur le chancelier, qui est mon ami intime, quelque chose qui vous intéresse, et, quoiqu'il m'ait défendu d'en parler à personne, je vous aime tant que je ne puis m'empêcher de vous faire part de cette nouvelle. En vérité, Fortunatus, je suis tout joyeux de ce qui vous arrive ; aussi j'espère que vous ne serez pas ingrat, et que, lorsque vous serez parvenu à la position qu'on vous réserve, vous n'oublierez pas le vieux Robert, votre meilleur ami.

Ces discours piquaient grandement la curiosité de Fortunatus. Enfin, Robert lui dit :

— N'avez-vous jamais remarqué, jeune seigneur, avec quel plaisir notre belle comtesse reçoit vos services ?

Fortunatus rougit beaucoup ; mais Robert se hâta d'ajouter :

— Dieu me garde de penser mal de madame la comtesse ou de vous ! Je sais que vous êtes un noble cœur, et monsieur le comte, qui vous préfère à tous ses autres serviteurs, pense à cet égard comme moi. Je suis bien convaincu maintenant que les plaisirs des sens n'ont aucun prix pour vous, et je puis vous dire sans hésiter ce qu'on a décidé à votre égard, car vous regarderez assurément cela comme une bonne fortune. Sachez donc que notre jeune comtesse désire que vous soyez employé uniquement à son service, car elle aime vos manières et votre belle voix. Le comte est content de son choix. Il en a parlé au chancelier avec de grands éloges de vos mérites ; seulement, il ajoutait que vous êtes un beau jeune homme... que la chair est faible... que d'ailleurs de mauvaises langues pourraient vous calomnier ; — qu'enfin, pour satisfaire au désir de la comtesse sans avoir à craindre pour son honneur, il était résolu de vous faire subir une opération bien connue dans votre pays et dans tout l'Orient, et qui vous mettrait à l'abri de toute pensée impure. C'est demain... Qu'avez-vous, mon ami ? C'est demain...

Mais Fortunatus n'écoutait plus. Il demanda à Robert s'il ne connaissait pas quelque endroit de la ville par où il pût sortir à l'heure même, sans attendre l'effet de la résolution de son maître, ajoutant que, quand il aurait le pouvoir de le faire roi d'Angleterre, il ne le servirait pas davantage, et qu'il priait Robert de lui donner les moyens de s'échapper. Robert lui dit que toutes les portes de la ville étaient fermées ; que rien ne pouvait entrer ni sortir jusqu'au lendemain ; que la porte de la Vache serait ouverte la première, mais que, s'il était à la place de Fortunatus, il ne s'opposerait pas au dessein du comte, parce qu'il paraîtrait toute sa vie beau et jeune. « Certes, disait-il, je voudrais que l'on me choisît, je ne tarderais pas à m'y résoudre. » Fortunatus lui assura qu'il aimerait mieux mendier son pain et ne dormir jamais dans un lit.

— Je suis bien fâché, répliqua Robert, de vous avoir dit cette nouvelle, puisque vous voulez nous quitter : car j'espérais que nous vivrions toujours ensemble comme deux frères.

Ainsi, ce traître témoignait à Fortunatus beaucoup de tristesse, feignant de bien le regretter et le recommandant à Dieu et à tous les saints.

Quoique chacun fût plongé dans le sommeil, Fortunatus n'avait pas envie de dormir. Chaque heure lui durait un siècle. Il appréhendait que le comte ne le fît arrêter, de sorte qu'il attendit le jour avec impatience.

Quand il fut botté et éperonné, il prit son oiseau et son chien, comme s'il eût voulu aller à la chasse, monta à cheval, et courut à une telle vitesse que si un de ses yeux fût tombé, il n'eût pas mis pied à terre pour le ramasser. Quand il eut chevauché dix lieues, il acheta un autre cheval, sur lequel il monta, et courut à toute bride. Néanmoins, il renvoya au comte son cheval, son oiseau et son chien, car il ne voulait avoir aucun reproche à se faire.

Dès que le comte eut appris sa fuite, il trouva bien étrange qu'il fût parti sans demander congé et sans dire adieu à personne. Il demanda aux serviteurs le sujet de son départ ; ils dirent tous qu'ils l'ignoraient, protestant qu'ils ne lui avaient fait aucun déplaisir. Il s'informa ensuite auprès de sa femme et de ses demoiselles, si elles ne l'avaient point désobligé, et pourquoi il était parti avec tant de précipitation. Toutes assurèrent qu'on ne lui avait donné aucun sujet de mécontentement, et que, le soir de son départ, il était le plus joyeux du monde et leur racontait les façons de faire de son pays, comment les femmes étaient vêtues, leurs mœurs et leurs coutumes, mais en si mauvais flamand qu'on ne pouvait se tenir de rire, et que lui-même s'était retiré en riant.

Le comte s'écria :

— Est-il possible que je ne puisse apprendre la cause de sa fuite ? Si je puis en découvrir l'auteur, je m'en vengerai, car il ne s'en est pas allé sans sujet. Il a bien mérité 500 écus depuis qu'il est à mon service, et il ne m'a rien demandé. Je pensais qu'il resterait toute sa vie avec moi, car je l'aimais beaucoup, et je n'ai rien fait pour le blesser. Mais il n'y a pas apparence qu'il revienne, puisqu'il a emporté tous ses joyaux et ses nippes.

Quand Robert vit que son maître regrettait Fortunatus, il eut peur que ses compagnons ne déclarassent, avec le temps, que c'était lui qui l'avait fait partir; c'est pourquoi il les conjura tous en particulier de tenir la chose secrète, ce qu'ils lui promirent. Néanmoins, ils auraient bien voulu savoir le moyen dont il s'était servi.

Comme l'un d'entre eux le pressait avec importunité, il lui dit que Fortunatus lui avait plusieurs fois raconté que son père était devenu pauvre; qu'il servait à la cour du roi de Chypre; qu'un courrier, passant en ce pays pour aller porter au roi d'Angleterre les nouvelles de la mort du roi de Chypre, lui avait dit que Théodore, son père, avait été fait comte, et investi pour lui et ses descendants des biens du comte Anselmis de Terracine; que Fortunatus était parti en apprenant cette nouvelle.

Quand les serviteurs entendirent cela, ils dirent que Fortunatus était un grand fou, car, s'il eût fait connaître son bonheur à son maître, il l'eût renvoyé fort honorablement et en bon équipage.

CHAPITRE IV

Comment Fortunatus arrive à Londres, où il fait de mauvaises connaissances

Cependant, Fortunatus, après avoir acheté un autre cheval et renvoyé celui de son maître, craignant toujours qu'on ne le poursuivît, courut jusqu'à Calais, où il s'embarqua pour passer en Angleterre : car, toutes les fois qu'il se représentait le danger qui le menaçait, il lui tardait d'avoir passé la mer. Arrivé à Londres, il se crut enfin en sûreté, et il commença à se réjouir.

Londres est une ville très marchande, où l'on vient commercer de tous les endroits du monde. À cette époque, il venait d'entrer dans le port une galère venant de l'île de Chypre, chargée de marchandises précieuses et sur laquelle se trouvaient plusieurs marchands, entre autres deux jeunes gens dont les pères étaient des plus riches de Chypre. Ils leur avaient remis quantité de marchandises ; mais, comme ils n'étaient jamais sortis de leur patrie et qu'ils ignoraient l'art de se gouverner dans les pays étrangers, ils ne surent pas profiter des bonnes instructions qu'ils avaient reçues de leurs pères.

Après qu'on eut déchargé la galère et payé les droits, ces deux jeunes gens vendirent leurs marchandises et reçurent de grandes sommes. Eux, qui n'avaient jamais tant vu d'argent, commencèrent à se divertir. Ils rencontrèrent par hasard Fortunatus, avec qui ils avaient été élevés et qui se mit de toutes leurs parties. Bientôt ils se lièrent avec des jeunes gens sans aveu, comme il s'en trouve tant dans les grandes villes, qui les entraînèrent dans toutes sortes de débauches. Ils vécurent plusieurs jours dans ce désordre. Quand l'un avait fait une belle maîtresse, l'autre en voulait une encore plus belle, quoi qu'elle coûtât. Ils continuèrent cette vie près de six mois, au bout desquels l'argent commença à diminuer.

CHAPITRE V

Comment Fortunatus dépensa tout son argent dans la débauche et se vit réduit à une extrême pauvreté

Fortunatus avait le moins d'argent, aussi en manqua-t-il le premier. Les autres en manquèrent à leur tour. Tout ce qu'ils avaient reçu à Londres était resté entre les mains des femmes, et ils virent à la fois le fond de leur bourse et la fin de leurs amours. Ils s'imaginaient qu'ils seraient toujours les bienvenus, mais on se moqua d'eux, et on leur dit, pour toute récompense, de sortir et d'aller chercher de l'argent.

Durant ce temps, les marchands de Chypre vendirent leurs marchandises et employèrent leur argent de manière à être prêts pour faire voile avec le patron de la galère. Nos deux jeunes marchands allèrent à leur hôtellerie et, après avoir fait leur compte, trouvèrent qu'ils avaient dépensé en débauches tout l'argent qu'ils avaient reçu. Ils s'embarquèrent dans la galère pour s'en retourner, et reçurent sans doute de leurs parents l'accueil qu'ils avaient mérité.

CHAPITRE VI

Comment l'amie de Fortunatus ne voulut pas lui prêter d'argent, et comment il entra au service d'un marchand

Se voyant seul et sans argent, Fortunatus se dit en lui-même que s'il avait deux ou trois écus, il passerait en France pour y servir quelque maître. Il alla trouver son amie, et la supplia de lui prêter cette somme pour passer en Flandre vers un de ses cousins, promettant de revenir aussitôt avec 400 écus, et de recommencer la même vie. Elle lui répondit :

— Si vous pouvez aller chercher de l'argent, faites-le, pourvu que ce ne soit pas à mes dépens.

Cette réponse lui fit connaître qu'il ne devait pas compter sur elle, et il se disait en lui-même : « Si je rattrape mon argent, je ne le donnerai pas à garder une autre fois de la sorte. » Il la conjura d'envoyer chercher du vin, afin de boire ensemble ; mais elle dit seulement à sa servante :

— Allez chercher un pot de bière pour faire boire cet âne.

Fortunatus ne reçut pas d'autre remerciement de cette créature.

Se voyant ainsi abandonné, il prit la résolution de servir jusqu'à ce qu'il eût gagné deux ou trois écus. Il s'en alla donc à la place du marché, qu'on appelait la rue des Lombards, et demandait à ceux qu'il rencontrait s'ils avaient besoin d'un serviteur. Un riche marchand de Florence le prit et le mena à son hôtellerie ; il lui promit deux écus par mois pour le servir à table.

Le maître de la maison, nommé Jérôme Robert, connut bien, à voir servir Fortunatus, qu'il avait été parmi d'honnêtes gens. Il l'envoya porter de la marchandise dans son navire, qui ne pouvait, à cause de sa grande dimension, approcher qu'à vingt milles de la ville.

34

Fortunatus s'acquittait parfaitement bien de tout ce qu'on lui commandait.

CHAPITRE VII

Comment un gentilhomme fut assassiné, et du danger où se trouva Fortunatus

En ce temps-là, un Florentin, nommé André, fils d'un riche marchand, avait reçu de son père des marchandises dont il alla dépenser inutilement l'argent à Bruges, en Flandre. Non content de cela, il tira de son père de grandes sommes par lettres de change, en lui écrivant que dans peu de temps il lui ferait un grand envoi de marchandises. Le bonhomme payait toujours pour son fils, jusqu'à ce qu'il n'eût plus rien, attendant en vain ses marchandises.

Après que ce garnement eut perdu tout son bien et son crédit, il résolut de retourner en Italie pour tenter la fortune par tous les moyens. En passant à Turin, il apprit de son hôte qu'on y avait arrêté un gentilhomme de Londres. S'étant informé de son nom, il se trouva qu'il en avait entendu parler à Londres. Il demanda à lui parler, et l'hôte en obtint la permission, bien que ce prisonnier fût chargé de tant de chaînes que c'était pitié de le voir.

André, étant venu à lui, l'entretint en anglais, et lui dit qu'il était sur le point de retourner à Londres, et qu'il désirait pouvoir lui être utile. Le prisonnier lui demanda s'il ne connaissait point, à Londres, un nommé Jérôme Robert. André répondit qu'il le connaissait, et que c'était son ami. Le prisonnier le pria d'aller auprès de lui en son nom, parce qu'il savait que Robert, qui le connaissait, viendrait à son aide et lui donnerait les moyens de sortir de prison. Au surplus, il lui promettait de lui rendre au triple l'argent qu'il lui prêterait. Enfin, il conjura André de faire diligence et de supplier ses amis de le cautionner envers Jérôme Robert. Il lui assura qu'il le récompenserait généreusement.

André lui promit de faire tout son possible, et partit tout de suite pour Londres. Il alla trouver Robert. Celui-ci était disposé à tout faire pour le gentilhomme ; mais André lui inspirait peu de confiance, car il savait que c'était un mauvais sujet. Il résolut donc de se tenir sur ses gardes. Il lui dit d'aller à la cour et chez les amis du prisonnier, et que, s'il trouvait des cautions, il prêterait l'argent.

André sollicita les parents de ce malheureux. Il leur raconta le misérable état où il était dans la prison ; mais ils en furent fort peu touchés, et lui dirent d'aller au roi et à son conseil, puisque cet accident lui était arrivé étant au service de Sa Majesté.

Étant allé plusieurs fois à la cour, car il était difficile de se faire admettre auprès du roi, il eut occasion d'entendre parler de bien des choses. Il écoutait tout ce qui se disait, parce qu'il espérait en faire son profit.

Il apprit que le roi d'Angleterre avait donné sa sœur en mariage au duc de Bourgogne, et qu'il devait lui envoyer des pierreries qu'il n'avait pu se procurer avant le mariage. Les joyaux étaient précieux et rares, et Sa Majesté les avait confiés à un gentilhomme qui demeurait à Londres avec toute sa famille.

Aussitôt qu'André sut cela, il fit connaissance avec ce gentilhomme, lui dit ce qu'on lui avait raconté, et le pria de lui faire voir les joyaux. Il ajouta qu'il en avait lui-même de fort beaux, et qu'étant à Florence, il avait ouï dire que le roi en cherchait ; qu'il n'était venu de si loin que sur l'espérance d'en vendre quelques-uns à Sa Majesté. Ce bon gentilhomme, qui avait encore quelques diamants à acheter pour le roi, fit bon accueil au prétendu joaillier ; il le mena chez lui, et, comme il était environ midi, ils dînèrent ensemble.

Après le repas, il le fit passer dans sa chambre, ouvrit son cabinet et tira un linge dans lequel étaient les joyaux, qu'il lui fit contempler à son aise. Il y en avait cinq qui coûtaient plus de 60 000 ducats[14].

---

14 Le premier ducat est frappé en argent, en 1140 à Brindisi, dans les Pouilles, par le roi Roger II de Sicile. On parle, abusivement, de ducat lorsqu'on évoque la monnaie d'or du doge de Venise — *doge*, de *dogat* en dialecte vénitien, est l'équivalent de duc ou plutôt de celui qui exerce un pouvoir sur un

André les prisait extraordinairement, ajoutant que, si les siens étaient aussi bien mis en œuvre, ils feraient honte à plusieurs de ceux qu'on lui montrait. Le gentilhomme lui dit que, si ses diamants étaient aussi beaux qu'il le disait, il pourrait les acheter pour le roi. Alors, André lui dit :

— Venez demain dîner avec moi, chez mon ami Jérôme Robert, et je vous ferai voir mes pierreries ; ce que l'autre promit.

André alla tout de suite dire à Robert qu'il avait trouvé un homme bien en cour, qui pourrait travailler à la délivrance du prisonnier et donner bonne caution. Robert en fut content, et lui fit apprêter à dîner pour le lendemain. Le gentilhomme s'y trouva. André recommanda en particulier à Robert de ne point parler de l'affaire pendant le dîner, pour éviter les indiscrétions des serviteurs ; ce qu'il approuva.

Après le dîner, Robert se retira dans son comptoir, et André pria le gentilhomme de passer dans sa chambre pour voir les joyaux. Ils montèrent dans la chambre au-dessus de la salle où ils avaient dîné, et André ouvrit un coffre où il disait qu'étaient les pierreries.

Comme le gentilhomme se baissait pour les voir, André se jeta sur lui, le renversa par terre, et lui coupa la gorge avec un couteau. Il prit ensuite de son doigt l'anneau où était son cachet et les clefs qui pendaient à sa ceinture, et s'en alla promptement dans la maison du mort dire à sa femme que son mari l'avait envoyé prendre ses pierreries, et, pour preuve de sa mission, il montrait l'anneau et les clefs. Cette femme ouvrit le cabinet, chercha partout et ne trouva rien. Elle lui dit alors qu'il fallait que son mari vînt lui-même et le renvoya avec les clefs et l'anneau.

André était furieux d'avoir manqué son coup, car son dessein était

---

territoire. Cette monnaie, émise à la suite d'un décret pris en 1284, prend le nom vernaculaire de *sequin* (du vénitien zecchino) à partir de la fin du XVe siècle. Lorsque les Rois Catholiques, en 1497, reconstituèrent leur monnaie, ils statuèrent que le *ducado*, frappé en or, serait émis à l'équivalence de 375 maravedis (3,51 g d'à 23 carats).

de s'enfuir promptement avec les pierreries.

Cependant, Robert était revenu dans la salle ; une goutte de sang, qui avait traversé le plancher, tomba sur la table devant lui. Il appela ses serviteurs, qui montèrent et trouvèrent le gentilhomme étendu mort. Ils en furent tellement épouvantés qu'ils ne savaient ce qu'ils devaient faire.

En ce moment, André entra dans la salle. Ils lui demandèrent pourquoi il avait assassiné ce gentilhomme. Il répondit que, « cet homme ayant voulu le tuer, il avait mieux aimé le prévenir ». Il recommanda aux serviteurs de ne point faire de bruit, et de dire à ceux qui demanderaient cet homme qu'après avoir dîné ils étaient sortis ensemble de la maison, et qu'on ne les avait point vus depuis.

Cela dit, il prit le mort, le jeta dans le privé, sortit du pays et chemina tant qu'il vint à Venise, où il se loua pour ramer dans une galère qui allait à Alexandrie, où il abjura la religion chrétienne. Et ainsi son crime resta impuni.

Le lendemain du jour où le gentilhomme fut assassiné, Fortunatus vint à Londres, où il débarqua des marchandises pour son maître. Il le trouva dans une profonde tristesse, ainsi que tous ses serviteurs, ce qui l'obligea à en demander la cause. La cuisinière lui dit que ce deuil procédait de la mort d'un des meilleurs amis de son maître, et qu'il aurait mieux aimé perdre son propre frère que celui-là. Fortunatus n'en demanda pas davantage et s'affligea comme les autres.

Cependant la femme du gentilhomme, ne voyant pas revenir son mari, envoya un de ses voisins à la cour, pour savoir si le roi ne l'avait pas chargé de quelque commission hors de la ville.

En apprenant qu'il avait disparu, le roi pensa aux pierreries qu'il lui avait confiées, et, bien qu'il le tînt pour un homme d'honneur, il appréhendait qu'il ne les eût emportées, séduit par leur grande valeur.

On le chercha de tous côtés, et, comme on ne put avoir de ses nouvelles, le roi commanda d'aller chez ce gentilhomme réclamer les joyaux à sa femme. Elle répondit qu'elle n'avait pas vu son mari depuis trois jours, qu'il avait dîné chez Jérôme Robert, avec un Florentin, lequel était venu demander les pierreries pour les comparer avec les siennes ; mais qu'elle avait ouvert tous les coffres de la chambre sans rien trouver, et que cet homme s'était retiré très fâché. Elle ajouta qu'elle n'avait point d'autres clefs, que tous les papiers de son mari étaient dans ce cabinet, et que les joyaux y avaient été, mais n'y étaient plus. Alors, on ouvrit les buffets et les coffres, et l'on ne trouva point ce qu'on cherchait. Les commissaires rapportèrent donc au roi qu'ils n'avaient trouvé ni l'homme ni les pierreries.

Sa Majesté, de l'avis de son conseil, fit arrêter Jérôme Robert et toute sa famille, cinq jours après le meurtre. On les surprit tous à table, les deux maîtres du logis, deux hommes qui tenaient les livres, un cuisinier, un palefrenier, deux servantes et Fortunatus. Ils furent conduits en prison et interrogés séparément. Ils répondirent tous de même, c'est-à-dire, que les deux hommes étaient sortis ensemble et qu'on n'avait plus entendu parler d'eux depuis.

Néanmoins, on retourna au logis de Robert pour rechercher si l'on n'aurait pas enterré le gentilhomme, mais on ne le trouva point. Les commissaires allaient se retirer, lorsque l'un d'entre eux, ayant regardé dans le privé avec une torche, aperçut le cadavre et se mit aussitôt à crier au meurtre. On retira le corps, que l'on exposa devant la maison de Robert.

Les Anglais, en apprenant ce meurtre, se soulevèrent contre les Florentins et les Lombards, et les contraignirent de se cacher, car le peuple les eût mis en pièces s'il les eût rencontrés dans les rues.

Le roi, ayant appris qu'on avait trouvé le corps du gentilhomme, commanda de mettre à la question Robert et tous ses domestiques, pour savoir ce qui s'était passé, et surtout ce qu'étaient devenus les joyaux. Robert fut mis le premier à la torture. Il répondit comme il en était convenu avec André, et tous les domestiques répondirent comme lui. Il n'y eut que Fortunatus qui ne confessa rien, quoiqu'on lui donnât rudement la gêne, parce qu'il n'était pas au logis lorsque le meurtre fut commis et qu'il ne savait rien.

CHAPITRE VIII

Comment Robert et tous ceux de sa maison furent pendus, et comment les joyaux furent retrouvés

Le roi fut extrêmement affligé de ne rien pouvoir apprendre ni du meurtre ni des pierreries. Il ordonna que tous les prisonniers fussent mis à mort. La sentence fut exécutée, et ils furent tous pendus les uns après les autres.

Il ne restait plus que le cuisinier et Fortunatus, qui regrettait bien fort d'avoir quitté son premier maître, le comte de Flandres. « O Dieu ! s'écriait-il, que n'ai-je souffert qu'on me fît eunuque plutôt que de venir ici ! »

Cependant, le cuisinier, voyant qu'on allait le pendre, dit hautement que Fortunatus ne savait rien de tout ce qui s'était passé. Les juges savaient bien qu'il était innocent. Néanmoins, ils voulaient le faire pendre, parce qu'aussi bien il eût été massacré par le peuple. Toutefois, comme il n'était pas Florentin, ils lui donnèrent sa grâce, et les officiers de justice, pour empêcher que les femmes ne le tuassent dans les rues, l'escortèrent jusqu'au bord de la mer. Il s'embarqua et s'éloigna au plus vite d'un pays où il avait été si maltraité.

Après l'exécution de Jérôme Robert et de ses domestiques, le roi donna sa maison au pillage. Il est vrai que les principaux du conseil en avaient déjà retiré ce qu'il y avait de plus précieux. Quand les Florentins et les Lombards surent que le peuple avait pillé cette maison, ils appréhendèrent que leurs biens et leurs vies ne fussent en danger, et ils envoyèrent une grande somme d'argent au roi, afin qu'il leur donnât une sauvegarde. Comme ils n'étaient point coupables, on leur promit de les laisser en paix.

CHAPITRE IX
Par quel moyen on trouva les joyaux dans la maison du gentilhomme, et comment ils furent rendus au roi

Le roi était toujours fort en peine de ses pierreries, et, quoiqu'il les eût achetées très cher, il les eût encore payées une seconde fois pour les retrouver. Il écrivit aux rois, aux princes et aux villes riches qu'on arrêtât ceux qui porteraient de semblables pierreries, et promit 1 000 écus à celui qui pourrait les découvrir. Mais on n'en reçut aucune nouvelle.

La veuve du pauvre gentilhomme, qui regrettait beaucoup son mari, resta plusieurs jours plongée dans le deuil. Elle refusait de recevoir ses meilleures amies, pour ne pas être distraite de son chagrin. Enfin, le temps adoucissant un peu sa douleur, elle fit prier une de ses voisines de venir la voir.

Cette dame, qui était une jeune veuve, chercha à la consoler. « Oubliez les morts, lui disait-elle, et ne songez qu'aux vivants. Faites porter votre lit dans une autre chambre, et, lorsque vous irez vous coucher, songez à quelque bel homme que vous voudriez avoir en mariage. C'est ainsi que je fis lorsque je perdis mon mari, et je m'en suis bien trouvée. »

La veuve protesta qu'elle n'oublierait jamais son mari. Néanmoins, elle ne négligea pas de suivre le conseil qu'on lui donnait.

Elle fit porter tous ses meubles dans une autre chambre. Il ne restait plus que le lit. Lorsqu'on voulut le changer de place, on trouva dans un coin une cassette avec tous les joyaux du roi. Elle les prit et envoya aussitôt chercher un de ses parents à qui elle raconta cette bonne nouvelle.

Ce gentilhomme lui conseilla d'aller les porter au roi et de lui raconter comment on les avait trouvés, ne doutant point qu'elle ne fût bien récompensée. Elle approuva ce conseil. Elle prit ses plus beaux habits de deuil, partit avec son cousin, et vint se jeter aux pieds du roi, à qui elle rendit les pierreries et raconta comment elle les avait trouvées.

Le roi fut très content, et, pour la récompenser, il la maria, peu de temps après, avec un des plus aimables gentilshommes de sa cour. Il lui donna de grands biens, et ils vécurent longtemps ensemble dans un bonheur parfait.

CHAPITRE X
Comment Fortunatus s'égare dans un bois, et ce qui lui arrive

Revenons à notre Fortunatus, qui, après avoir échappé au gibet, se hâtait de sortir d'Angleterre. Il alla d'abord en Picardie, dans l'intention d'y chercher du service ; mais il ne trouva point de maître. Il passa en Bretagne, et, s'étant engagé dans un bois, il s'égara de telle sorte qu'il lui fut impossible d'en sortir. Vers le soir, il aperçut une ancienne verrerie qu'il trouva inhabitée ; il y passa la nuit, non sans une frayeur extrême, car il entendait les bêtes sauvages hurler dans le bois.

Dès qu'il fit jour, il chercha à sortir de la forêt, mais il ne fit que s'y engager davantage : il fut contraint d'y passer une seconde nuit. Il était exténué de fatigue et de faim, car il n'avait ni bu ni mangé depuis deux jours. Par bonheur, il découvrit une fontaine où il se désaltéra.

Il commençait à s'endormir lorsqu'il entendit les cris de plusieurs bêtes sauvages qui venaient boire à la fontaine et qui se battaient entre elles. Fortunatus monta sur un grand arbre pour leur échapper ; mais il vint un ours qui l'aperçut et commença à grimper après lui. Fortunatus avait bien peur. Il montait toujours plus haut, mais l'ours le poursuivait de près.

Quand il ne put monter plus haut, il se mit à cheval sur une branche, et, tirant son poignard, il fit à l'ours plusieurs blessures à la tête. L'animal, se sentant blessé, devint furieux. Il voulut frapper Fortunatus avec une de ses pattes, mais l'autre lui manqua, et il tomba du haut en bas avec un si grand bruit que toute la forêt en retentit et que les autres bêtes prirent la fuite.

Cependant l'ours était toujours sous l'arbre, et sa chute avait été si lourde qu'il ne pouvait se relever. Fortunatus n'osait pas descendre ; mais, enfin, craignant de s'endormir et de tomber du haut en bas, il s'y décida. Quand il fut en bas, il prit son poignard et fit à l'ours une profonde blessure. Lorsqu'il le vit mort, il appliqua sa bouche sur la blessure et suça un peu de sang tout chaud, ce qui le fortifia beaucoup.

Cependant le sommeil l'accablait si fort qu'il se coucha derrière l'ours mort et s'endormit.

CHAPITRE XI

De la bourse merveilleuse que Fortunatus reçut de la Fortune

Le lendemain, en s'éveillant, Fortunatus aperçut, debout devant lui, la plus belle femme qu'il eût jamais vue. Il croyait rêver ; mais, lorsqu'il vit qu'il ne se trompait point, il remercia Dieu qui lui permettait de voir encore une créature humaine avant de mourir. Puis il s'adressa à cette dame et la supplia de le secourir et de lui donner les moyens de sortir de la forêt. Il lui dit qu'il s'était égaré, et que depuis trois jours il n'avait pris aucune nourriture.

Cette belle dame lui demanda quel était son pays et où il allait. Il répondit qu'il était de Chypre, et qu'il avait quitté son pays pour chercher fortune.

— Eh bien, tu l'as trouvée, lui dit la belle dame. Je suis la Fortune, la déesse du bonheur, et je te connais, car tu t'appelles Fortunatus. Sache que le Ciel m'a donné six vertus : beauté, richesse, santé, force, sagesse et longue vie, dont je peux douer ceux que j'aime. Mais hâte-toi de choisir, car je passe vite et ne reviens pas. Hâte-toi, car l'heure presse.

— Eh bien, dit Fortunatus aussitôt, donne-moi la richesse !

Incontinent, elle donna une bourse à Fortunatus, l'assurant que, toutes les fois qu'il mettrait la main dedans, il y trouverait dix pièces d'or, qui auraient cours au pays où il serait ; qu'elle aurait cette vertu non seulement pour lui et les siens, mais encore pour ceux qui la posséderaient tant que lui et ses descendants vivraient. Enfin, elle le conjura d'en avoir soin, de l'estimer et de la chérir.

Quoique Fortunatus fût mourant de faim, ce présent lui redonna de la force. Il remercia la Fortune, lui promit de suivre éternellement ses volontés, et de ne jamais oublier ce bienfait. Elle fut satisfaite de sa reconnaissance, et lui fit promettre que tous les ans, à pareil jour, il chercherait une jeune fille pauvre et honnête, la marierait et lui donnerait en dot quatre cents pièces d'or, afin que le bonheur qu'il procurerait lui rappelât celui qui lui arrivait à lui-même. Fortunatus lui promit d'accomplir sa volonté, et de ne l'oublier de sa vie. Puis il la pria de l'aider à sortir de la forêt.

Elle le mena jusqu'au chemin battu qui conduisait hors du bois, et lui dit de marcher droit devant lui et de ne point tourner la tête pour regarder où elle irait. Fortunatus lui obéit, et, en sortant de la forêt, il aperçut une taverne où les passants buvaient et mangeaient d'ordinaire. Il mit la main dans sa bourse pour en éprouver la vertu, et il en tira dix pièces d'or. Alors il entra, tout fier de sa richesse, et se fit servir tout ce qu'il trouva de meilleur.

CHAPITRE XII

Le séjour de Fortunatus à la taverne, et comment, après avoir acheté des chevaux qu'un comte marchandait, il fut fait prisonnier et se vit en plus grand danger qu'auparavant

L e pauvre affamé prit un si grand plaisir à boire et à manger qu'il demeura deux jours à la taverne pour mieux rassasier sa faim. Après avoir payé l'hôte selon sa demande, il acheta de lui un riche harnais de cheval qui se trouvait là, pensant que cela pourrait le faire entrer au service de quelque grand.

Comme il fut à environ deux lieues du bois, il vint à un petit château où le comte du Bois faisait sa demeure. On le nommait ainsi à cause de la juridiction qu'il avait sur les bois du duc de Bretagne. Fortunatus se logea dans la meilleure hôtellerie, où il fit grande chère. Ayant demandé à son hôte si l'on ne pourrait point trouver de beaux chevaux à vendre, il apprit que, le jour auparavant, un marchand en avait amené cinquante qu'il comptait vendre à l'occasion des noces du duc de Bretagne avec la sœur du roi d'Angleterre ; que, parmi ces cinquante, il y en avait trois dont le comte du Bois offrait 900 livres, mais que le marchand en demandait 960.

À ce récit, Fortunatus se retire secrètement dans sa chambre, tire 600 écus de sa bourse, les met dans sa poche, et prie son hôte de faire en sorte qu'il puisse voir ces chevaux. L'hôte, après l'avoir regardé des pieds à la tête, lui répondit que cela ne serait pas facile, car le marchand avait à peine voulu les montrer au comte lui-même. Fortunatus s'aperçut bien qu'il devait attribuer cette réponse à l'idée qu'on se faisait de sa fortune sur son triste équipage, car il était arrivé à pied, et ses habits tombaient en loques. Il en fut piqué, et répliqua fièrement que, si les chevaux lui convenaient, il les payerait plus cher que le comte.

En l'entendant parler de la sorte, l'hôte pensa qu'il pouvait être plus riche qu'il ne le paraissait. Il alla trouver le marchand, et fit si bien que celui-ci consentit à montrer les chevaux. Fortunatus reconnut sans peine que ceux que le comte marchandait étaient les meilleurs ; ils lui plurent extrêmement. Il compta 960 livres au marchand, envoya les chevaux à son hôtellerie, commanda à un sellier de les enharnacher à merveille, et ordonna à son hôte de lui trouver deux valets pour le servir dans ses voyages.

Aussitôt que le comte sut cette nouvelle, il en fut grandement irrité, car il tenait beaucoup à avoir ces trois chevaux pour paraître superbement aux noces. Il envoya un de ses domestiques à l'hôte pour s'informer de l'homme qui avait couru sur son marché. L'hôte répondit qu'il ne le connaissait point, qu'il était venu chez lui à pied avec un riche harnais, qu'il aimait à faire grande chère, et que, s'il n'eût payé son premier écot, il ne lui eût pas fait crédit du second, tant il appréhendait de ne pas être payé.

Le serviteur se mit en colère de ce qu'il lui avait indiqué les chevaux. L'hôte répondit qu'il avait agi comme un bon hôte doit faire, que l'autre l'en avait prié, et qu'il ne croyait pas qu'il eût seulement de quoi acheter un âne.

Le serviteur à son tour raconte à son maître ce qu'il avait appris de l'hôte. Le comte commanda à ses valets d'arrêter Fortunatus, disant que sans doute il avait dérobé cet argent, ou tué quelqu'un.

Il fut donc pris et mené dans la prison, puis interrogé d'où il était, et où il avait pris cet argent. Il répondit qu'il était de Chypre, fils d'un pauvre gentilhomme, et que l'argent lui appartenait. Le comte fut ravi d'apprendre qu'il était d'un pays si éloigné, et lui fit donner la question pour savoir d'où venait cet argent.

Fortunatus, en voyant les apprêts de la torture, eut peur, mais il résolut de mourir plutôt que de déclarer la vertu de sa bourse. Lorsque la souffrance devint trop forte, il dit qu'il était prêt à avouer la vérité.

On le conduisit devant le comte, à qui il raconta que, s'étant égaré dans le bois, il en était sorti le troisième jour et avait trouvé une bourse qui contenait 600 écus. Le comte voulut savoir où elle était. Il répliqua qu'il l'avait jetée dans la fontaine qui traversait le bois. À ces paroles, le comte lui dit qu'il était un méchant de le frauder ainsi de ce qui lui appartenait ; qu'il perdrait présentement et les biens et la vie. Fortunatus s'excusait de n'avoir pas su que ce qui était dans le bois lui appartînt, et qu'il eût un pareil droit. Le comte lui commanda donc de se préparer à la mort, qu'aujourd'hui il perdrait ses biens, et demain la vie.

Quand Fortunatus entendit cette sentence, il se disait en lui-même : « Hélas ! quand j'avais le choix des six dons, pourquoi ne préférai-je pas la sagesse aux écus ? Je ne serais pas dans les souffrances où je me vois réduit à présent. »

— Monseigneur, dit-il, ayez pitié de moi ; que vous profitera ma mort ? Prenez votre bien que j'ai trouvé et laissez-moi la vie, que j'emploierai à prier Dieu éternellement pour vous.

Le comte ne pouvait s'y résoudre, et il appréhendait qu'on ne lui en fît des reproches. Néanmoins il se laissa toucher aux prières de ses serviteurs, de manière qu'il le fit mettre en liberté, lui rendit son harnais et deux écus pour faire la dépense...

Le lendemain on le conduisit hors de la ville, après qu'il eut juré de ne jamais retourner sur les terres du comte.

L'on ne saurait exprimer la joie qu'il ressentit d'être échappé à si bon marché : car, si le comte eût appris la vérité, il ne l'eût pas renvoyé de la sorte. Quoiqu'il fût en pleine liberté, il n'osait toutefois mettre la main à sa bourse, tant il appréhendait quelque nouveau désastre.

Il vécut deux jours avec l'argent que le comte lui avait donné. Il vint à Angers, où le duc de Bretagne tenait sa cour, et se logea sur la rivière.

Toute la noblesse du pays attendait la nouvelle épousée pour faire honneur à ses noces. Cela plut beaucoup à Fortunatus ; mais il craignait qu'en faisant tout ce qu'il pouvait faire il ne lui arrivât quelque autre accident. Toutefois, il acheta deux bons chevaux, de riches habits, et loua un valet. Il choisit la meilleure hôtellerie d'Angers, afin de voir à son aise les solennités du mariage.

L'épousée arriva ; on lui fit une entrée magnifique, et, à la sortie du bateau, le duc la reçut suivi d'une infinité de seigneurs et de princes ; il tint table ouverte durant plus de six semaines.

CHAPITRE XIII
Du séjour de Fortunatus à Angers

La vue de tant de merveilles charmait Fortunatus ; tous les jours il montait à cheval, hantait toujours la cour et n'arrêtait jamais à l'hôtellerie. Son hôte, qui ne le connaissait point, s'en fâcha, craignant qu'il ne s'en allât sans payer, comme beaucoup d'autres. Il pria donc Fortunatus de le payer tous les jours ; la défiance de son hôte le fit rire, et, tirant 100 écus de sa bourse, il les lui donna, avec promesse de lui en donner d'autres quand ceux-là seraient dépensés. L'hôte lui rendit de grands honneurs, le mit parmi les hommes de qualité et lui donna une meilleure chambre.

Comme Fortunatus dînait avec quantité de seigneurs, il vint des chanteurs et des violons pour divertir la compagnie, et, de plus, un gentilhomme irlandais qui déplorait sa pauvreté. Il leur dit qu'il voyageait depuis sept ans, qu'il avait traversé deux empires et vingt royaumes, et qu'ayant dépensé tout son bien, il les suppliait de lui donner quelque argent pour retourner en son pays.

Un seigneur lui demanda le nom de tous ces royaumes ; il les spécifia tous les uns après les autres, et ajouta, de plus, qu'il avait par écrit le nom de chaque roi et les distances d'un royaume à l'autre.

Ce seigneur répliqua :

— Je voudrais avoir voyagé avec vous et être de retour ici, car je crois qu'il y a bien du péril et de la dépense.

— Il est vrai, Monsieur, dit ce gentilhomme, on apprend le bien et le mal, et l'on a bien des logis misérables.

Là-dessus, ce seigneur lui donna quatre écus, et lui promit de payer l'hôte pour lui, s'il voulait demeurer dans cette hôtellerie jusqu'à son départ. L'autre le remercia, disant qu'il lui tardait de revoir sa femme, ses enfants et ses amis, dont il regrettait l'absence.

Fortunatus, qui avait écouté attentivement ce discours, disait en soi-même : « Si je pouvais porter ce gentilhomme à me servir de guide dans mes voyages, je lui donnerais de bons gages. » Il l'envoya quérir aussitôt qu'il eut dîné, et lui découvrit son dessein et la passion qu'il avait de voyager, lui promettant de grandes récompenses s'il voulait être son conducteur. Léopold, c'est le nom du gentilhomme, eût accepté ses offres, si son âge, sa femme, ses enfants et le désir naturel de les revoir ne l'eussent dissuadé. Fortunatus lui promit d'aller avec lui en Irlande, de faire des présents à sa femme et à ses enfants, et de l'entretenir honnêtement à Famagouste le reste de sa vie.

Léopold accepta cette bonne fortune, mais il répliqua qu'il était impossible d'entreprendre ce voyage sans beaucoup d'argent.

— Je sais le moyen d'en trouver partout, dit Fortunatus ; promettez-moi seulement de m'accompagner jusqu'à la fin de mon voyage.

L'autre le lui promit, et une foi mutuelle fut jurée entre eux. Fortunatus lui donna 200 écus pour s'équiper, avec promesse de lui en donner davantage quand il en aurait besoin. Ce commencement plut beaucoup à Léopold, qui ne manqua pas de paraître en bon équipage.

Ils partirent donc avec deux écuyers et quelques valets, dans le dessein de voir plusieurs royaumes. Ils allèrent à Nuremberg et à Augsbourg, virent Ulm, Constance, Bâle, Strasbourg, Metz, Cologne, vinrent à Bruges en Flandre, puis à Londres, et enfin à la cour du roi d'Écosse.

CHAPITRE XIV

Comment Fortunatus vint en Irlande pour voir le purgatoire de Saint-Patrice

L éopold pria son maître de passer en Irlande, afin de revoir la ville de Dublin, sa chère patrie. Il y trouva sa femme et ses enfants, dont quelques-uns étaient déjà mariés, et tous ensemble se réjouirent infiniment de la venue de leur père. Fortunatus, qui voulait dîner chez Léopold, lui donna cent écus pour rendre le festin plus somptueux. Le père invita tous ses enfants, ses gendres, ses belles-filles et tous ses amis, ce qui plut tellement à Fortunatus qu'il donna une bourse de cinq cents écus à la femme de Léopold, autant à ses fils et tout autant à ses filles.

Comme Fortunatus était fort peu éloigné de la caverne de Saint-Patrice, il fut curieux de la voir. Elle est située dans un désert où les religieux de Saint-Augustin ont un beau monastère. La porte pour y entrer est derrière le maître-autel de l'église, et il faut en obtenir la permission du prieur. Celui-ci demanda à Léopold d'où était son maître, et, sur la réponse qu'il était de Chypre, il invita Fortunatus à dîner avec ceux de sa troupe. Il tint cela à grand honneur, et, comme le vin est rare en ce pays, il fit présent d'une pièce du meilleur au chef de ce monastère. Après dîner, il pria le supérieur de lui dire la cause pourquoi on appelait ce lieu le purgatoire de Saint-Patrice, et son hôte l'entretint en ces termes :

— Il y a plusieurs siècles, l'endroit où vous voyez ce monastère était un désert, et saint Patrice, archevêque et primat d'Irlande, par une révélation toute divine, prouva le purgatoire au peuple incrédule de son diocèse. Depuis, un certain Louis Ennius entra si avant dans cette profonde grotte qu'il n'en pouvait sortir, si bien qu'adressant ses vœux au Ciel, il pria Dieu et le saint évêque de l'aider à s'échapper de cette solitude. Durant sa prière il entendit des cris effroyables, et, quelque temps après, Dieu lui fit la grâce de revoir le jour ; de quoi il remercia la Providence, et il passa dévotement le reste de sa vie dans ce cloître.

Fortunatus demanda au supérieur ce que disaient les pèlerins à la sortie de ce lieu. Il répondit que les uns n'y entendaient que des cris, et que les autres y avaient seulement de la frayeur. Fortunatus ayant déclaré qu'il ne partirait point de ce lieu sans le visiter, le prieur lui conseilla de ne point aller trop loin, de peur de s'égarer dans la diversité des sentiers. Il le fit donc communier le lendemain avec Léopold, et leur donna sa bénédiction. On leur ouvrit la caverne, et on la ferma quand ils furent entrés.

Les ténèbres étaient si épaisses qu'ils se fourvoyèrent d'abord, et bientôt n'entendirent plus le chant des moines. Ils errèrent longtemps. La faim les tourmentait si fort qu'ils désespéraient quasi de leur vie. Fortunatus, voyant que l'or et l'argent étaient impuissants en ce lieu, implora l'assistance divine. D'ailleurs les moines dirent au supérieur que ces hommes ne sortaient point, et, d'un autre côté, les domestiques de Fortunatus regrettaient grandement leur maître.

Or, le prieur connaissait un vieillard qui avait autrefois mesuré la caverne avec des cordes ; il l'envoya quérir, afin de trouver le moyen de retirer ces deux personnes. Les domestiques lui promirent cent écus, et il leur jura de les faire sortir si elles étaient encore vivantes.

Il apprête donc ses machines, entre et cherche tant qu'enfin il trouve Fortunatus et Léopold. Ils étaient si faibles qu'ils furent contraints de se tenir à lui comme fait un aveugle à celui qui le mène. Il les retira donc, et le supérieur en eut une grande joie. Les domestiques dirent qu'ils avaient promis cent écus au vieillard. Fortunatus les donna, et encore davantage. Il fit ensuite un somptueux festin, où il invita le prieur et tous ses religieux, laissant au couvent des présents considérables pour remercier Dieu de sa délivrance.

Ils continuèrent leurs voyages et vinrent à Calais, de là à Paris, et, après avoir traversé la France, l'Espagne et l'Italie, ils s'arrêtèrent à Venise.

CHAPITRE XV

Comment Fortunatus passa de Venise à Constantinople pour le couronnement d'un nouvel empereur

Quand ils furent à Venise, ils apprirent que l'empereur de Constantinople voulait se démettre de l'empire et faire couronner son fils. Sur cette nouvelle, les Vénitiens équipèrent une galère et envoyèrent un ambassadeur avec des joyaux rares pour les offrir de leur part au jeune empereur. Fortunatus s'embarqua avec ses domestiques dans cette galère, qui vogua heureusement jusqu'à Constantinople. Bien que cette ville soit grande, le nombre des étrangers y était si considérable qu'on ne pouvait point trouver d'hôtellerie, et l'on fut contraint de donner aux Vénitiens un logis particulier.

Fortunatus, après avoir longtemps cherché, finit par trouver un logement chez un hôtelier qui n'était autre chose qu'un larron. Fortunatus ne s'en doutait point. Il hantait tous les jours la cour, et vit une infinité de belles choses qui seraient trop longues à réciter. Comme sa chambre était séparée des autres, ses gens la fermaient soigneusement, et croyaient leurs hardes en assurance ; mais l'hôte se glissait secrètement dans la chambre en ôtant un ais qui était sous le grand lit, et il savait le remettre si proprement qu'on ne pouvait pas s'en apercevoir.

Un jour il entre, fouille partout, et, ne trouvant point d'argent, il crut qu'ils l'auraient cousu dans leurs pourpoints. Depuis, il observa d'où ils prendraient leur argent, et vit que Fortunatus le donnait à Léopold par-dessous la table, avec ordre de donner à ses hôtes ce qu'ils demanderaient, et même par avance. Cela plaisait fort à ce nouvel hôte ; mais il eût beaucoup mieux aimé avoir la bourse et tout ce qui était dedans.

Cependant le jour auquel Fortunatus avait promis de marier une pauvre fille arriva, et il fit demander à l'hôte s'il en connaissait quelqu'une, disant qu'on la lui fît venir, et qu'il la marierait honorablement. Dès le lendemain, l'hôte amène un pauvre homme avec sa fille, mais il avait résolu de voler Fortunatus la nuit prochaine, pour ne pas lui laisser le temps de donner à cette pauvre fille l'argent dont il voulait se rendre maître. En effet, sur le minuit, il se glisse par le trou, fouille dans tous les habits, et, ne trouvant rien, il coupe la bourse de Léopold, dans laquelle il y avait bien cinquante ducats. Il n'épargna pas celle de Fortunatus; mais, quand il la sentit vide, il la jeta sous le lit, et, allant aux valets, il leur coupa aussi leur bourse, où il ne trouva pas grand-chose; enfin il ouvrit les portes et les fenêtres, comme si quelqu'un fût entré par la rue.

Léopold, voyant à son réveil les portes et les fenêtres ouvertes, commanda aux valets d'aller plus doucement et de laisser dormir Monsieur. Puis, s'apercevant qu'ils dormaient encore tous, il tressaillit, et, voyant qu'on lui avait coupé sa bourse, il appelle son maître et dit qu'on l'a volé. Les serviteurs en disent autant. Fortunatus cherche d'abord son pourpoint, où était sa bienheureuse bourse, et, la voyant coupée, il s'évanouit.

Léopold et les serviteurs, voyant leur maître en cet état, ne savaient que faire; ils ne connaissaient pas la grandeur de cette perte. Néanmoins, à force de le remuer et de lui jeter de l'eau sur le visage, ils le firent revenir.

L'hôte arriva là-dessus, demandant ce que c'était. Ils lui racontèrent comment on les avait volés en ouvrant les portes et les fenêtres. Ce méchant homme leur dit: « Prenez garde que vous ne vous soyez volés vous-mêmes; je ne puis répondre de tant d'étrangers qu'il y a en ce pays. » Il vint à Fortunatus, et, voyant son visage triste et tout à fait changé, il lui demanda s'il avait beaucoup perdu, lui disant qu'il gardât pour sa dépense l'argent dont il voulait marier une pauvre fille. Fortunatus répondit d'une voix triste qu'il regrettait bien plus la bourse que l'argent, à cause d'une lettre de change qui était dedans. Quelque méchant que fût l'hôte, il fut touché de compassion, voyant la tristesse de Fortunatus. Il se mit donc à chercher la bourse avec tous les domestiques, dont l'un, s'étant coulé sous le lit, l'aperçut et la porta à son maître.

Fortunatus dit : « Que je voie si c'est la même qu'on m'a coupée. » Il appréhendait que ce coupeur de bourses ne lui eût ôté sa vertu, et il n'osait y fouiller devant tout le monde. Il se remet donc au lit, et, ouvrant sa bourse par-dessous les draps, il reconnut que sa vertu n'était point diminuée. Léopold, qui voulait consoler son maître, lui disait qu'ayant encore de bons chevaux et plusieurs pierreries, il devait prendre courage, et que, quand même il n'aurait point d'argent, il le mènerait bien jusqu'à Famagouste, où il l'estimait fort riche. Fortunatus lui répondit d'une voix basse et faible : « Celui qui perd l'argent perd le sens ; sagesse est préférable aux richesses ; force, santé, beauté et longue vie ne peuvent se dérober », et puis se tut.

Léopold n'entendait point cette énigme, et, ne sachant pas qu'il eût eu le choix de toutes ces choses, il prit ce discours pour une extravagance ou pour un effet de son évanouissement. Il fit tout son possible pour le porter à boire et à manger, afin de reprendre sa couleur ordinaire et sa gaieté première. Fortunatus commande qu'on tienne la chandelle allumée toute la nuit, que chacun soit sur ses gardes de peur d'être volé une seconde fois. Cependant il fit de forts nœuds à sa bourse, et ne la laissa plus pendre à son pourpoint.

Il se leva le matin et vint au temple de Sainte-Sophie faire ses prières dans la chapelle de Notre-Dame. De plus, il donna deux florins à un prêtre pour faire un sermon à la gloire de Dieu et chanter le *Te Deum*. Ces choses finies, il va sur la place des changeurs, renvoie ses domestiques, puis donne de l'argent à Léopold, avec ordre d'acheter cinq bourses, tandis qu'il irait à son changeur. Léopold les apporte ; Fortunatus met aussitôt cent ducats dans une et la lui donne pour faire la dépense. Il en donne une à chaque serviteur et dix ducats dedans, avec commandement de se tenir toujours sur leurs gardes.

Après toutes ces libéralités, Fortunatus met quatre cents ducats dans une bourse, et envoie dire à l'hôte qu'il lui amène cette pauvre fille dont on avait parlé.

CHAPITRE XVI

De la fille d'un pauvre homme, à laquelle Fortunatus donna quatre cents ducats en mariage

L'hôte va trouver le bonhomme, lui assurant qu'un seigneur logé dans son hôtellerie voulait parler à sa fille et la rendre heureuse. Le père dit que sa fille n'irait point, et que, si on voulait lui faire quelque libéralité, ce serait chez lui. Autant ces paroles déplurent à l'hôte, autant elles furent agréables à Fortunatus, qui de ce pas alla chez ce bonhomme pour voir sa fille. Elle était toute honteuse et se tenait derrière sa mère de peur qu'on ne vît ses haillons.

Fortunatus la fit approcher, et, la trouvant belle, d'un bon âge, il demanda au père pourquoi il tardait tant à la marier. La mère, sans attendre la réponse de son mari, dit :

— Il y a six ans qu'elle serait mariée si nous avions de quoi ; le fils de notre voisin la prendrait bien pour femme si elle avait quelque chose.

Fortunatus demanda à la fille si ce jeune homme lui plaisait. Elle répondit qu'elle n'avait point d'autre volonté que celle de son père et de sa mère, et que, quand elle devrait mourir sans mari, elle ne ferait rien sans leur consentement. La mère ne put encore se taire, et répliqua :

— Monsieur, elle ment ; l'amour est réciproque, elle voudrait déjà le tenir.

Fortunatus envoie quérir le jeune homme. D'abord celui-ci lui revient tellement qu'il jette sur la table les quatre cents ducats de sa bourse, et leur dit que, s'ils voulaient se marier ensemble, il leur donnerait cette somme en mariage. Tous y consentent ; l'on fait venir un prêtre qui les marie, et Fortunatus ajoute vingt écus pour les ameublements et le festin des noces. Ils rendirent des grâces infinies à Fortunatus, et le regardaient comme un homme envoyé du Ciel. Léopold, qui avait été témoin de toutes les libéralités de son maître, s'en étonnait, l'ayant vu si triste le jour précédent pour la perte d'une bourse.

Mais l'hôte pestait contre lui-même de n'avoir pu trouver la bourse aux quatre cents ducats, et résolut de faire un second effort. Il savait qu'une chandelle brûlait toute la nuit ; il se glisse dans la chambre lorsqu'il n'y avait personne, trouve la chandelle, y met de l'eau, puis referme les trous, afin qu'elle s'éteigne d'elle-même. Il appréhendait que la fin des solennités, qui approchait, ne lui fît perdre l'occasion de dépouiller une seconde fois ses hôtes. C'est pourquoi il les traita bien à souper, et leur fit boire du meilleur vin afin qu'ils dormissent mieux. Les valets ne manquèrent pas d'allumer leur chandelle, de tenir leur épée nue, et se couchèrent en assurance.

CHAPITRE XVII
Comment l'hôte, pensant voler Fortunatus, fut tué par Léopold

Durant que les autres dormaient bien fort, l'hôte songeait aux moyens d'exécuter son entreprise. Comme la chandelle fut éteinte, il se coula doucement par le trou et vint au lit de Léopold ; mais celui-ci ne dormait point : il prend son coutelas, et en donne un si grand coup sur le cou du larron qu'il tombe raide mort. Incontinent, il appelle les serviteurs, commande qu'on cherche de la lumière et que l'on garde la porte, criant qu'il y a un voleur dans la chambre.

Aussitôt qu'on eut de la lumière, on trouva l'hôte près du lit de Léopold, le cou à demi coupé. Fortunatus, à ce récit, souhaitait n'être jamais venu à Constantinople, voyant ses biens et sa vie en danger. Léopold s'excuse sur ce que, l'ayant tué de nuit, il n'avait pu le reconnaître, et qu'après tout c'était un larron. Fortunatus, dans cette incertitude, eût bien voulu avoir quelque ami fidèle, pour lui confier sa bourse, afin de gagner les juges par argent et d'obtenir sa grâce. Mais, d'ailleurs, il appréhendait que cet ami ne gardât la bourse et n'exhortât les juges à venger ce meurtre. Enfin, il se résolut à ne jamais abandonner sa bourse. Léopold, le voyant si troublé, dit qu'il était impossible de ressusciter le larron, et qu'il fallait songer aux moyens de se sauver. Mais Fortunatus regrettait extrêmement de n'avoir pas choisi sagesse plutôt que richesse, en ayant si grand besoin à présent. Léopold les encouragea tous, et leur assura qu'il avait trouvé un moyen infaillible.

CHAPITRE XVIII

Comment Léopold jeta le mort dans un puits

L éopold réconforta tout le monde par ses paroles. Il leur ordonna d'observer le silence et d'éteindre la lumière. Ensuite, il prit l'hôte, qui était mort, et le jeta dans un puits derrière le logis, sans que personne s'en aperçût.

À son retour, il vint dire à Fortunatus qu'il avait si bien caché leur hôte qu'on ne le trouverait avant longtemps, et qu'il dormît en repos de ce côté-là. Enfin, il commande aux valets de tenir les chevaux prêts, de chanter sans cesse, et de ne donner aucune marque de tristesse, et qu'en moins de six heures ils seraient bien loin de Constantinople. Ce conseil ravit Fortunatus. On le suivit de point en point.

À la pointe du jour on appela les serviteurs et les servantes de l'hôte ; on leur fit tant boire de malvoisie, et on les paya si bien, qu'ils en furent tout joyeux. Léopold leur promit de revenir dans un mois. Fortunatus monta à cheval, et, pour que personne ne pût soupçonner que Léopold avait jeté l'hôte dans le puits, il dit aux servantes qu'il lui eût porté de la malvoisie jusque dans son lit, s'il n'eût craint de troubler son repos. Ils piquèrent droit à la ville de Cariffe, où l'empereur a son officier qui donne des guides et des passeports aux voyageurs. Léopold, qui savait toutes ces routes, vint supplier l'officier de lui donner un guide et un truchement pour six personnes qui voyageaient. Cet officier demanda de prodigieuses sommes, que Léopold consentit à lui donner, après quelques contestations. On les adressa donc à un homme bien entendu, avec des lettres de créance, de sorte qu'ils traversèrent la Turquie sans aucune appréhension.

Quand Fortunatus se vit hors de péril, il bannit la tristesse de son âme et oublia l'accident de Constantinople. Il vint à la cour de l'empereur des Turcs, considéra les armées qu'il mettait sur pied, et s'étonnait de voir tant de chrétiens renégats parmi les troupes. Ce déplaisir lui fit quitter la cour pour traverser la grande et la petite Valachie, où régnait le roi Tracole Vlad[15]. Après ils virent les royaumes de Bassan, de Croatie, de Dalmatie, de Hongrie, de Pologne, de Danemark, de Suède et de Bohême. Ils n'oublièrent pas la Saxe, la Franconie, ni la ville d'Augsbourg.

Fortunatus arriva enfin à Venise avec plusieurs marchands qu'il avait défrayés dans son voyage. Il coucha par écrit dans un livre toutes les mœurs et les façons de faire de ces pays, et conserva chèrement les bagues et les pierreries qu'il avait reçues de divers princes. Il acheta à Venise toutes les pierreries qu'il trouva à son goût, et laissa de grandes sommes aux Vénitiens qui admiraient sa magnificence. Comme il se ressouvint du triste état où il avait laissé son père et sa mère à son départ de Famagouste, il voulut acheter quantité de beaux ameublements pour leur service ; de façon que, s'embarquant dans une galère avec toutes ses richesses, il navigua vers l'île de Chypre, et vint à Famagouste, où il arriva dans la quinzième année de son départ.

Dès qu'il entra dans la ville, il apprit le décès de son père et de sa mère, dont il fut bien affligé. Il loua une grande maison, augmenta le nombre de ses domestiques, et se mit à mener un train honorable. Chacun avait de l'amour et de l'estime pour sa personne ; mais plusieurs regardaient avec étonnement toutes ces richesses, sachant qu'il était sorti fort pauvre de sa patrie.

---

15 Il semblerait qu'il s'agissait de Dracula, un certain Vladislav III, ou Vlad Tepes, né en 1431, en Transylvanie, surnommé également l'Empaleur. Son père est Vlad II dit Dracul, le Dragon ou le Diable, selon les traductions (avant 1395-1447). Un nom qui n'a rien de diabolique, mais qu'il doit tout simplement au fait d'avoir été décoré de l'Ordre du Dragon par l'empereur Sigismond de Hongrie.

CHAPITRE XIX
Du palais superbe que Fortunatus fit bâtir à Famagouste

D'abord il acheta la maison de son père et plusieurs autres, qu'il fit abattre pour édifier un palais superbe. Comme il avait vu de beaux édifices durant tous ses voyages, il n'oublia rien pour rendre sa maison accomplie. Près de son palais il fit bâtir une église, avec treize maisons; puis fonda un prévôt et douze prêtres pour faire le service divin. Il donna trois cents ducats au prévôt et cent à chaque prêtre. Dans cette même église il fit faire deux riches sépulcres, l'un pour son père et sa mère, l'autre pour lui et ses descendants. Quand il vit toutes ces choses heureusement achevées, il lui prit fantaisie de se marier, si bien qu'il n'y avait point de mère qui eût de jolies filles qui ne souhaitât que Fortunatus eût de l'amour pour quelqu'une d'elles.

Un comte qui n'était pas éloigné de Famagouste avait trois belles filles. Le roi lui fit dire qu'il les amenât à Fortunatus, et qu'il parlerait pour lui. Quoique le comte ne fût pas des plus riches, il ne laissa pas de dire au roi qu'il ne lui conseillerait pas de donner une de ses filles à un homme qui n'avait point de terres; qu'il avait de l'argent, mais que la dépense qu'il faisait en bâtiments pourrait bien le réduire à la pauvreté de son père. Sa Majesté dit au comte que Fortunatus avait de riches pierreries, et qu'il pourrait bien en acheter des comtés; qu'il avait vu les pays étrangers, et qu'il n'y avait point d'apparence qu'il fît bâtir des palais et doter des églises sans se réserver de grandes richesses; que le comte lui donnât sa fille; que Fortunatus avait de l'esprit, de préférer une femme noble à une roturière. Le comte, voyant que le roi se déclarait pour Fortunatus, se soumit entièrement à Sa Majesté, et envoya sur-le-champ ses filles à la reine.

Le roi envoya dire à Fortunatus qu'il vînt trouver Sa Majesté. Il y vint, et elle lui parla ainsi : « Puisque vous êtes mon sujet et que je vous affectionne, je crois que vous suivrez mon conseil. J'ai appris vos magnificences et l'envie que vous avez de vous marier ; c'est pourquoi je veux vous allier à une noble famille, afin que vos descendants soient considérables par leur noblesse. » Fortunatus se jeta à ses pieds et protesta d'une entière obéissance à Sa Majesté.

Quand le roi eut la parole de Fortunatus et du comte Nimian et ses trois filles dans la chambre de la reine, il proposa le mariage à Fortunatus. Il lui dit qu'il avait dans son palais trois filles nées de comte et de comtesse, que l'aînée avait dix-huit ans, la seconde dix-sept, et la troisième, nommée Cassandre, treize[16] ; que Sa Majesté lui en donnerait le choix, et qu'il les verrait séparément, ou toutes trois ensemble. Fortunatus demanda très humblement au roi de les voir toutes ensemble, et de les entendre discourir en particulier. Sa Majesté y consentit, et envoya dire à la reine qu'elle fît venir les filles dans son appartement. Cependant le roi commanda à Fortunatus de le suivre tout seul ; mais Sa Majesté fut très humblement suppliée de permettre que Léopold l'accompagnât, ce qu'elle ne voulut pas lui refuser.

---

16 Pour ceux qui se poseraient des questions quant à l'âge de la donzelle, la nubilité désigne l'état d'une personne en âge de se marier et, par métonymie, peut aussi être un synonyme de puberté (La puberté est une étape du développement qui est atteinte lorsque les organes de la reproduction sont fonctionnels. Chez l'humain, elle désigne la transition de l'enfance à l'adulte). « Il faut distinguer la puberté de la nubilité : celle-là arrive avant celle-ci ; on est pubère quelques années avant d'être nubile, c'est-à-dire avant d'avoir le corps suffisamment développé pour le mariage. » — Émile Littré, Puberté.
En France, jusqu'à la Révolution, l'âge nubile était de 12 ans pour les filles et de 14 ans pour les garçons. La législation révolutionnaire du 20 septembre 1792 fit passer cet âge à 13 ans pour les filles et 15 pour les garçons . Les Lusignan, rois de Chypre à l'époque du récit, étant d'origine poitevine, je suppose que ces principes s'appliquaient (Lusignan est une commune du Centre-Ouest de la France, située dans le département de la Vienne en région Nouvelle-Aquitaine. Ses habitants sont appelés les Mélusins et les Mélusines).

CHAPITRE XX

Des trois sœurs que le roi présenta à Fortunatus, et comment il choisit la plus jeune pour sa femme

Le roi vint avec deux hommes dans la chambre de la reine, et commanda à ces trois demoiselles de se lever. Elles obéirent, et, après qu'elles se furent jetées à ses pieds, il demanda à l'aînée si elle aimait mieux être près de la reine, ou avec son père et sa mère. Elle répondit qu'elle ne devait donner aucune réponse, et que, si elle voulait en faire le choix, elle ne suivrait pas pourtant son propre conseil, mais le commandement de Sa Majesté et la volonté de son père.

Le roi appela la seconde, et lui dit : « Qui aimez-vous le mieux de votre père ou de votre mère ? » Elle répondit à Sa Majesté qu'elle les aimait parfaitement tous deux, et que, quand elle aimerait l'un plus que l'autre, elle serait bien fâchée que son cœur le sût et que sa bouche le découvrît.

Enfin, Sa Majesté demanda à la troisième auquel des deux elle obéirait, ou à son père qui lui commanderait d'aller à un ballet royal, ou à sa mère qui lui ferait un commandement tout contraire. Cassandre répondit au roi :

– Sire, vous savez que je suis jeune, et que le jugement ne vient pas avant l'âge ; c'est pourquoi Votre Majesté peut juger du désir de la jeunesse. La bienséance ne veut pas que je m'explique : car, en obéissant à l'un, je désobéirais à l'autre, ce que je ne voudrais jamais faire. Que si j'étais réduite à cette extrémité, je demanderais un an pour y songer, afin de suivre le conseil des prudents et des sages.

Le roi se retira aussitôt dans son palais ; Fortunatus et Léopold le suivirent, et Sa Majesté voulut savoir pour laquelle il se déclarait.

Fortunatus répondit qu'elles lui semblaient toutes belles, qu'il ne savait laquelle choisir, et qu'il suppliait très humblement Sa Majesté de lui donner du temps pour en consulter avec Léopold. Elle y consentit, et Fortunatus, se retirant à l'écart, demanda au sage Léopold laquelle de ces trois beautés il lui conseillait de prendre. Il répondit qu'il était difficile de bien donner conseil, que souvent ce qui plaît à l'un déplaît à l'autre, et que nul ne pouvait mieux le conseiller que lui-même. Fortunatus le pressa de lui dire sa pensée, vu sa longue expérience et la connaissance qu'il avait de la physionomie. Mais il ne pouvait s'y résoudre, craignant de perdre les bonnes grâces de son maître, s'il lui en conseillait une qui ne fût pas à son gré.

Enfin il fut résolu qu'ils écriraient avec de la craie leurs sentiments aux deux bouts de la table, et ils furent si conformes que chacun écrivit le nom de la belle Cassandre. Fortunatus, joyeux au possible, aborda le roi, et, après l'avoir remercié humblement de ce beau choix, il se déclara pour Cassandre, que Sa Majesté lui accorda.

CHAPITRE XXI

Du mariage de Fortunatus avec Cassandre

La reine vint trouver le roi, suivie de la belle Cassandre, et l'aumônier de Sa Majesté les maria dans l'heure même. Mais Cassandre ne pouvait goûter un mariage qui se faisait en l'absence de tous ses parents et sans leur consentement. Incontinent les dames de la cour vinrent se réjouir avec Fortunatus de son heureux mariage ; mais les deux sœurs de la mariée ne pouvaient cacher leurs larmes. Il les conjura d'adoucir leur tristesse, et envoya prendre à Famagouste les pierreries qu'il avait achetées à Venise. Il présenta les deux plus belles à Leurs Majestés, et ensuite à la fiancée, puis à ses sœurs, et enfin aux demoiselles de la reine. Aussitôt le roi envoya quérir le comte Nimian et sa femme, et Léopold eut ordre de Fortunatus d'offrir mille ducats à la comtesse de la part de son gendre. Cet or fit des merveilles sur son esprit et en chassa toute sorte de déplaisir.

Le comte et la comtesse furent parfaitement bien reçus par Sa Majesté, laquelle voulait donner le festin dans son palais. Mais Fortunatus supplia très humblement Leurs Majestés d'honorer son nouveau palais de leur présence, protestant qu'il tâcherait par tous les moyens de se rendre digne de cette grâce.

CHAPITRE XXII

Comment Leurs Majestés remirent la belle Cassandre à Fortunatus, et des bagues qu'il fit courir durant plusieurs jours

Le roi se rendit à la prière de Fortunatus, et lui promit d'être dans trois jours à Famagouste avec toute sa cour. Fortunatus reçut Leurs Majestés avec une joie et des soumissions extrêmes. Un concert de voix et d'instruments choisis se fit entendre jusqu'à ce qu'on lui eût remis sa chère Cassandre. Elle devint comme enchantée de la structure de ce beau palais : il était impossible d'y entrer sans être ébloui de l'éclat de tant d'ameublements superbes. Néanmoins tout ce riche appareil ne contentait pas la mère, et elle eût bien voulu voir son gendre seigneur de quelque terre.

Le lendemain, Sa Majesté, suivie du comte et de la comtesse, demanda la dot de leur fille. Fortunatus offrit cinq mille ducats pour être employés sous le bon plaisir de Sa Majesté. Le roi proposa le château du comte de Ligourne. On l'envoya quérir à trois lieues de là, et Fortunatus lui compta mille ducats ; moyennant cette somme, il transporta son droit et toutes les dépendances de la terre d'Arganube à Cassandre, en présence du roi, renonçant à toutes les prétentions qu'il pourrait avoir sur ce château. La comtesse sentit alors une joie achevée, et fut à l'église avec plaisir. Après qu'on eut fait le service, Leurs Majestés et toute la cour retournèrent au palais de Fortunatus, où un festin également somptueux et magnifique les attendait.

Le fiancé, qui n'avait point d'autre pensée que de divertir Leurs Majestés, fit publier des joutes et des tournois, proposant une bague de six cents ducats pour les gentilshommes qui la courraient durant trois jours. La seconde bague, de quatre cents ducats, était réservée pour les habitants et les bourgeois du pays, et la troisième, de deux cents ducats, fut destinée aux écuyers des seigneurs de la ville. Il n'y eut personne qui ne tâchât de surmonter son compagnon, et, après une course de deux ou trois heures, on dansait et faisait grande chère. Ces divertissements durèrent bien quinze jours, au bout desquels Leurs Majestés se retirèrent à cause de la dépense excessive de Fortunatus. Il les accompagna, et témoigna sa gratitude par des soumissions profondes qui plurent à toute la cour. Après avoir pris congé de Leurs Majestés, il revint dans son palais et tint table ouverte durant huit jours aux bourgeois, et aux bourgeoises de Famagouste qui l'eurent en grande estime.

Il mena ensuite une vie paisible, et, prenant Léopold par la main, il voulut savoir de lui si son dessein était de retourner en Irlande ou de demeurer à Famagouste. Léopold répondit que son âge ne lui permettait pas de revoir sa patrie, dont l'air était fort grossier, la terre stérile, et qu'il craignait de mourir en chemin. Il ajouta que, s'il demeurait chez Fortunatus, les gens du palais, qui étaient fort jeunes, ne s'accorderaient jamais à l'humeur d'un vieillard ; mais que, s'il lui était permis de mener une vie privée et de finir ainsi le reste de ses jours, il ne s'éloignerait jamais du conseil de son bienfaiteur. Fortunatus y consentit, lui donna une maison avec un certain nombre de serviteurs et cent ducats tous les mois.

Quand Léopold se vit libre et en état de vivre à sa volonté, on ne saurait dire les actions de grâces qu'il rendit à un si bon maître. Il se trouvait tous les jours à la messe de Fortunatus, qui continuait à le consulter et estimait sa fidélité. Mais, au bout de six mois, il fut frappé d'une maladie si violente que les plus savants médecins désespérèrent de sa vie. Fortunatus regretta la mort de ce serviteur fidèle, et le fit enterrer dans l'église qu'il avait fondée.

CHAPITRE XXIII
Comment la belle Cassandre accoucha d'un fils

Nos jeunes mariés jouissaient ensemble d'une vie paisible, et ne demandaient rien tant à Dieu que de leur accorder des enfants. Dieu exauça enfin leurs prières, et Cassandre accoucha d'un fils, qui fut nommé Ampedo. Dix mois après, elle en eut un autre, qu'on nomma Andolosie. Fortunatus les fit élever avec tout le soin et toute la diligence possibles, car il les aimait infiniment. Andolosie avait l'esprit beaucoup plus vif que son frère Ampedo, comme nous le verrons dans la suite de cette histoire. Fortunatus eût bien désiré un plus grand nombre d'enfants, et particulièrement une fille, mais Cassandre n'en fit pas davantage.

CHAPITRE XXIV
Du voyage que fit Fortunatus en Turquie

Notre héros était demeuré près de douze ans avec Cassandre sans espérance d'avoir plus d'enfants, et, bien qu'on lui donnât toute sorte de plaisirs à Famagouste, il commença à s'ennuyer. Il prit donc la résolution de voir la Turquie, le royaume du Prêtre-Jean[17] et les Indes, estimant qu'il était juste de voir les royaumes des infidèles après avoir visité ceux des chrétiens.

Il communiqua ce dessein à sa femme, laquelle le conjura de ne pas entreprendre ce voyage, disant qu'il n'était plus d'âge à souffrir tant de fatigues, et qu'ayant goûté la douceur du repos, il n'allât pas se jeter entre les mains des barbares, qui haïssent mortellement les chrétiens ; qu'il se contentât d'avoir vu la moitié du monde, sans s'exposer en l'autre, et qu'enfin il n'abandonnât pas ainsi ses enfants et sa femme, qui au monde avait le plus d'amour pour sa personne. Elle se jette à son cou, l'embrasse et le baise, toute baignée de larmes. Fortunatus la prie de sécher ses pleurs, promettant de revenir dans peu de temps, pour ne plus jamais repartir d'auprès d'elle. Cassandre répond qu'elle attendrait toujours son retour avec impatience, et que ce qui la rendrait inconsolable, c'était de savoir

---

17 Le royaume du prêtre Jean était un État chrétien nestorien (Le nestorianisme est une doctrine christologique affirmant que deux hypostases ou substances, l'une divine, l'autre humaine, coexistent en Jésus-Christ. Cette thèse tire son nom d'un de son défenseur, Nestorius, patriarche de Constantinople. Son enseignement est déclaré hérétique et condamné par le concile d'Éphèse.) situé en Orient, attesté par plusieurs voyageurs européens des XII° et XIII° siècles (dont Hugues de Gabala, Guillaume de Rubrouck et Marco Polo).

Néanmoins, les recherches ultérieures des Européens pour le situer précisément (Inde, Empire mongol, Asie centrale, Afrique de l'Est) s'avéreront toutes infructueuses et vont progressivement transformer le royaume en contrée mythique. Au XIV° siècle, certains situaient ce royaume en Éthiopie.

qu'il voyagerait chez les infidèles.

Toutes ces raisons ne purent détourner Fortunatus de son voyage, et, comme son retour pouvait être incertain, il laissa de grands trésors à sa femme. Elle l'embrasse, le conjure de revenir au plus tôt, et de ne jamais l'oublier, disant qu'elle fera continuellement des vœux pour la prospérité de son voyage. Fortunatus souhaite l'accomplissement de ses prières, et l'assure qu'il reviendra dans peu de temps. Il prend donc congé de sa femme, lui recommande ses enfants, qu'il baise, s'embarque dans une de ses galères, et vient aborder à Alexandrie. Les gardes s'informent quel est le maître de la galère, et on leur répond qu'elle appartient à Fortunatus, de Famagouste en Chypre. Fortunatus leur dit qu'il voulait faire des présents au Soudan[18], selon la coutume.

On le mène donc au roi, qui, ayant fait étaler ses présents, y remarqua des joyaux si beaux et de si grande valeur qu'il ne se lassait pas de les admirer. Il en demanda le prix à Fortunatus, estimant qu'il les eût apportés pour les vendre. Fortunatus lui fit dire que, s'il les agréait, il les donnerait en pur don à Sa Majesté.

Le roi s'étonna de ce qu'un particulier lui faisait des présents si riches, car les joyaux valaient plus de cinq mille ducats, et Sa Majesté dit qu'une république n'en pouvait donner davantage, pas même Gênes, Florence ou Venise. Néanmoins le roi les accepta, et lui fit donner cent quintaux de poivre, dont la valeur égalait bien ses pierreries.

Quand les résidents de ces trois républiques eurent appris la magnificence inouïe dont le roi avait usé envers Fortunatus, ils le regardèrent avec envie, et l'achat qu'il fit d'une infinité de choses l'accrut encore davantage. Ils s'imaginèrent que cela préjudicierait à la vente de leurs marchandises, et qu'ils seraient contraints de les donner à meilleur marché. De sorte qu'ils inventèrent tous les moyens possibles pour bannir Fortunatus des bonnes grâces du

---

18 Voir introduction.

Soudan. C'est pourquoi ils vont trouver l'amiral, qui est la seconde personne après le roi, et lui font de grands présents afin qu'il refuse sa faveur à Fortunatus. Mais Fortunatus en fit encore de plus grands, et les augmentait tous les jours, à l'étonnement de l'amiral. Néanmoins il recevait toujours des deux parties, et leur faisait droit également, bien qu'il favorisât davantage Fortunatus. Enfin, ce qui irrita le plus les résidents contre Fortunatus, ce fut d'apprendre qu'il dînait avec l'amiral, et qu'il reçut même cet honneur de Sa Majesté, car ils virent que leurs présents étaient sans effet.

C'est la coutume que les galères marchandes qui viennent en Alexandrie doivent sortir du port dans six semaines. Fortunatus fait tous ses apprêts pour sortir environ ce temps-là, met un autre patron à sa place, et lui commande d'aller voir et troquer ses marchandises en Catalogne, en Portugal, en Angleterre, en Flandre et en Hollande. Il ordonna au même pilote de ramener au bout de l'an sa galère à Alexandrie, et qu'il le tînt pour mort s'il ne s'y trouvait pas ; en ce cas il naviguerait à Famagouste, et laisserait toutes ses richesses à sa femme, ce qu'il promit d'exécuter.

CHAPITRE XXV
L'arrivée de Fortunatus aux Indes et son retour à Alexandrie

L'amiral, qui aimait Fortunatus, supplia le Soudan de lui donner un truchement et des lettres de recommandation au roi de Perse, au grand Khan de Cathay[19], au Prêtre Jean et à plusieurs autres princes. L'amiral les obtint à ses dépens, et Fortunatus s'équipa richement pour ce voyage. Il traversa premièrement l'empire des Perses, celui du grand Khan de Catay et celui du Prêtre Jean, qui contient soixante-douze royaumes. Il présenta plusieurs beaux joyaux au Prêtre Jean, et fit quelques largesses à ses officiers, qui lui donnèrent des lettres de faveur pour aller en Calicut[20], où croît le meilleur poivre des Indes, en forme de grappes de raisin. Le roi de ces contrées est puissant, et la chaleur y est si grande que les hommes et les femmes vont presque tout nus.

La vue de tant de royaumes divers ne fit pas perdre à Fortunatus le souvenir de ses enfants ni de sa chère Cassandre ; de sorte que, touché d'envie de les revoir, il vint à la Mecque, et acheta un chameau pour traverser le grand désert vers Sainte-Catherine, sur la montagne de Sinaï, et passa à Jérusalem, attiré par la sainteté de ce lieu. Cependant le temps du retour de sa galère approchait, ce qui le fit passer promptement à Alexandrie. Aussitôt il va remercier le Soudan de ses lettres de faveur, et l'amiral, qui se réjouit infiniment de son arrivée, lui donne de grands témoignages d'amitié.

Quand il eut séjourné huit jours en cette ville, il s'ennuya de tant de

---

19 Cathay ou Catai est l'ancien nom donné, en Asie centrale et en Europe, au Nord de la Chine. Il fut popularisé en Occident par Marco Polo qui désigna sous ce terme le royaume de Kubilai Khan dans son Livre des Merveilles.
20 Kozhikode ou Calicut est une ville de l'État du Kerala en Inde, chef-lieu du district homonyme. C'est la troisième plus grande ville du Kerala. C'est de là que provient le *calicot*. Rien à voir avec Kolkata (anciennement Calcutta), capitale de l'État du Bengale-Occidental.

sortes de bêtes sauvages qu'il avait achetées ; mais, dès qu'il vit revenir sa galère, son ennui cessa. Elle était tellement remplie de toutes sortes de marchandises qu'elle valait trois fois plus qu'à son départ. Le pilote présenta des lettres de la belle Cassandre, et assura que tous se portaient bien. Fortunatus les reçut avec joie, et ordonna à ses gens de vendre ses marchandises et d'en faire bon marché.

Quand on rapporta au roi que Fortunatus hâtait son départ, il l'invita à souper. L'amiral vint le chercher, et le conduisit au palais de Sa Majesté, qui prit plaisir à lui faire réciter les aventures de son voyage.

CHAPITRE XXVI

Comment le Soudan montra ses trésors à Fortunatus, lequel lui enleva son chapeau merveilleux

Quand le Soudan eut permis à Fortunatus de faire des présents aux officiers de sa maison, il en fit de si grands à chacun que le roi s'étonna d'où il pouvait prendre tant de richesses. Sa Majesté voulut lui montrer ses trésors. Elle le fit entrer dans une tour de pierre remplie de toutes sortes de joyaux d'or et d'argent, et de tant de monceaux d'or et d'argent monnayé qu'il semblait que ce fût un grenier à blé. Sa Majesté passe dans une autre tour remplie de joyaux sans nombre, et des riches ornements dont Sa Majesté était parée lorsqu'elle se montrait au peuple. Deux grosses escarboucles brillaient sur autant de chandeliers d'or, et Fortunatus les trouva si belles qu'il ne se lassait pas de les admirer.

Le roi, voyant l'estime qu'il en faisait, dit qu'il avait dans son appartement une chose bien plus précieuse, et qui lui était infiniment plus chère que tout ce qu'il avait vu. Fortunatus mourait d'envie de la voir. Sa Majesté le fit donc passer dans sa chambre, dont les fenêtres regardaient sur la mer, et elle fit sortir d'un coffre un chapeau de feutre, l'assurant que ce seul trésor surpassait tous les autres ensemble, qu'il était unique dans le monde, et qu'on pouvait se procurer bien des joyaux par son moyen. Enfin, le roi, voyant sur le visage de Fortunatus le désir qu'il avait de connaître la vertu de son petit chapeau, lui déclara que, toutes les fois qu'il le mettait sur sa tête ou sur celle d'un autre, il se trouvait aussitôt où il voulait :

— Et c'est en quoi je l'estime plus que tous les trésors du monde, ajouta Sa Majesté. Quand mes serviteurs sont à la chasse, je n'ai qu'à prendre ce petit chapeau, et je suis incontinent à eux, faisant tomber la bête dans les mains des chasseurs. Que si j'ai des ennemis, ou que mes gens soient en campagne, je suis bientôt à eux, ou, si je veux, dans mon palais.

Fortunatus ne put s'empêcher de demander à Sa Majesté si le maître chapelier était encore en vie : il eût bien voulu marier ce chapeau avec sa bourse. « Oh ! le beau mariage ! » disait-il en soi-même.

— Mais, dit-il au roi, puisque ce chapeau a tant de vertu, je crois qu'il doit bien peser sur la tête de celui qui le porte.

— Pas plus qu'un autre », répliqua le Soudan, et, le mettant sur la tête de Fortunatus, il lui demanda : « Eh bien ! est-il plus pesant qu'un autre ?

— Certes, répond Fortunatus, je n'eusse jamais pensé qu'il eût été aussi léger, ni vous aussi sot que d'en couvrir ma tête.

Et, disant cela, il se souhaite dans sa galère, et commande à ses gens qui l'attendaient de partir à l'heure même.

Le roi, voyant le plus précieux de ses trésors enlevé par sa sottise, commanda à tous ses gens de courir promptement après ce voleur, et de l'amener prisonnier. Ils vont à lui, mais ils le perdent de vue avant de pouvoir aborder sa galère. Ils le poursuivirent quelques jours, et, ne pouvant l'atteindre, ils se retirèrent de peur de tomber entre les mains des pirates.

Le Soudan était comme désespéré, les voyant revenir sans Fortunatus. Mais les Florentins, les Vénitiens et les Génois furent très joyeux de cet enlèvement. Les uns disaient que c'était bien fait ; les autres, que le Soudan le méritait ; enfin, tous témoignaient une joie extrême de voir par ce moyen Fortunatus banni d'Alexandrie et hors d'espérance de plus jamais leur causer ni perte ni dommage.

Cependant le Soudan souhaitait passionnément son chapeau, et ne savait par quel moyen le ravoir. Il appréhendait que ses ambassadeurs ne fussent pas bien reçus des chrétiens, ou qu'ils ne tombassent entre les mains des corsaires. Enfin, il voulut que le général des chrétiens le servît en ce voyage, et le déclara son ambassadeur à

Chypre. Ce général promit à Sa Majesté d'aller au bout du monde pour son service.

On équipe un navire, on y met des mariniers chrétiens, avec commandement de cingler droit vers Chypre. Le général avait ordre de conjurer Fortunatus de rendre le chapeau qu'on lui avait montré de bonne foi. Si Fortunatus refusait, il irait se plaindre au roi de Chypre et le supplier de contraindre son vassal à restituer ce qu'il avait enlevé contre la raison et l'équité. Ce général, nommé Marcholandy, était Vénitien, et il promit au roi de s'acquitter de son ambassade avec fidélité et diligence. Sa Majesté lui attribua de grands biens pour cette entreprise, et lui en promit davantage en cas qu'il obtînt le chapeau. Elle était si affligée de cette perte qu'elle ne pouvait reposer ni jour ni nuit. Toute la cour était plongée dans la tristesse, et regardait Fortunatus comme le plus méchant et le plus ingrat de tous les hommes.

CHAPITRE XXVII

De l'ambassadeur que le Soudan envoya à Fortunatus pour ravoir son chapeau.

Marcholandy part incontinent pour Chypre, et vient au havre de Famagouste longtemps après Fortunatus. Je vous laisse à penser la joie dont la belle Cassandre, sa femme, fut touchée à son retour. Toute la ville s'en réjouit, à cause des parents et amis de plusieurs habitants de l'île qu'il ramena dans sa galère.

Quand Marcholandy eut mis pied à terre, il s'étonna de voir une joie si universelle dans la ville. Fortunatus se douta du sujet de sa venue ; néanmoins il lui fit préparer un superbe logis, et l'entretint de toutes choses à ses dépens.

Au bout de trois jours cet ambassadeur envoya dire à Fortunatus le sujet de son ambassade, et, ayant obtenu la permission de lui parler dans son palais, il lui tint ce langage :

— Le grand Soudan, roi de Babylone, d'Alquir[21] et d'Alexandrie, m'envoie ici pour vous prier de lui rendre son chapeau.

Fortunatus lui répond :

— Je m'étonne de ce que votre roi a été si malavisé de m'apprendre la vertu de son chapeau en le mettant lui-même sur ma tête. Il fut cause que je me souhaitai dans ma galère ; et si j'eusse manqué de m'y rendre, c'était fait de ma vie, que j'estime beaucoup plus que tous les royaumes. Assurez-le donc que je n'abandonnerai jamais ce trésor qu'en abandonnant la vie.

Quand Marcholandy ouït parler Fortunatus de la sorte, il employa d'autres moyens, et lui promit de grandes richesses. Il le conjura de

---
21 Le Caire, je suppose.

céder à la raison, et de préférer des millions d'or à un chétif chapeau ; que, s'il en possédait plein un sac de semblables, et que chaque chapeau eût la vertu du sien, il les donnerait tous pour le tiers de ce que lui offrait le Soudan ; que le roi l'assurait de lui remplir sa galère de toutes sortes d'épiceries qui vaudraient plus de cent mille ducats ; que, s'il avait quelque défiance du roi, il irait lui-même charger sa galère à Alexandrie, et la ramènerait avec cette charge à Famagouste, et qu'enfin il rendît son ambassade heureuse en lui accordant ce que son maître chérissait le plus au monde.

Fortunatus répondit en peu de paroles qu'il désirait son amitié, mais que, pour le chapeau, il ne le rendrait jamais ; qu'il avait une rareté également précieuse, qu'il voulait les marier ensemble.

Marcholandy alla se plaindre au roi de Chypre de la part de son maître, et lui représenta combien injustement Fortunatus retenait le chapeau du Soudan, et qu'au cas où Sa Majesté ne le fît pas rendre, il appréhendait une cruelle guerre.

Le roi fit réponse à cet ambassadeur qu'il avait de brave noblesse dans son royaume, que le Soudan pouvait traduire Fortunatus en justice, et que Sa Majesté le ferait juger selon les lois et la coutume.

Marcholandy jugea bien que des païens n'avaient pas grande justice à espérer des Chypriotes. Il fit donc équiper sa galère pour se retirer. Fortunatus le traita magnifiquement avant son départ, lui fit de beaux présents, et ravitailla sa galère de bonnes viandes et de bon vin.

Après les adieux, il le pria de savoir du Soudan si ses conseillers l'engageraient à renvoyer ce chapeau, en cas qu'il appartînt à un autre, et lui dit que personne à Chypre ne lui avait conseillé de le rendre. Marcholandy remercia Fortunatus de ses civilités et de ses présents, et l'assura de rapporter à son maître tout ce qui s'était passé.

Après que Fortunatus eut contenté la passion qu'il avait de voyager et de voir le monde, il mena une vie paisible et honorable. Il eut soin de faire instruire ses enfants en plusieurs sciences et de leur choisir les meilleurs maîtres. Ils excellaient dans tous les exercices convenables à la noblesse, particulièrement Andolosie, de sorte que Fortunatus proposa divers prix, afin d'exercer la jeunesse aux joutes, aux tournois, et à rompre des lances. Mais le cadet était toujours victorieux, et chacun publiait hautement qu'Andolosie faisait toute la gloire du pays.

Fortunatus vécut ainsi plusieurs années avec ses enfants et sa femme Cassandre, prenant souvent le divertissement de la chasse par le moyen de son petit chapeau. Mais la maladie mortelle de sa femme l'affligea si sensiblement qu'il en tomba malade, et peu après son corps devint sec et languissant. Il consulta les plus habiles médecins, et leur promit de grands biens pour lui rendre sa première santé ; mais la maladie fut plus forte que tous leurs remèdes, et Fortunatus connut bien aisément que sa mort approchait rapidement.

CHAPITRE XXVIII

Les dernières paroles de Fortunatus avant de mourir

Fortunatus, se voyant mourir tous les jours, fit venir ses deux fils, et, après leur avoir représenté la mort de leur chère mère, il leur assura qu'il ne tarderait pas à la suivre. Cependant il leur laissa de belles instructions avant de les quitter, tant pour conserver leurs biens que pour se maintenir honorablement le reste de leur vie. Il les entretint de ses deux joyaux, et leur recommanda de ne jamais les séparer l'un de l'autre, et de ne faire connaître à personne la vertu de sa bourse, qu'il avait possédée l'espace de soixante ans sans en parler à d'autres qu'à eux, et que, pour l'amour de la demoiselle qui la lui avait donnée, ils aimassent tellement la pureté que, même dans le mariage, ils ne connussent leur femme qu'un certain jour de l'année, savoir le premier du mois de juin ; que, ce même jour, celui qui aurait la bourse mariât tous les ans une pauvre fille, et lui fît présent de quatre cents pièces d'or pour son mariage, et qu'enfin, ils vécussent toujours en bonne intelligence, puisque la vertu de leur bourse ne durerait pas plus que leur vie. Il expira à la fin de ces paroles, et ses enfants le firent ensevelir honorablement dans la belle église qu'il avait fait bâtir lui-même.

Ils firent faire un service solennel au bout de l'an, et Andolosie, n'osant pas, durant l'année du deuil, monter à cheval ni faire les autres exercices, se mit à feuilleter les livres de son père, où il remarqua avec plaisir les divers pays qu'il avait vus. Cette lecture lui fit naître pareillement le désir de voyager ; il communiqua ce dessein à Ampedo, et lui dit :

— Mon frère, par quelle partie du monde commencerons-nous de voyager afin d'acquérir de la gloire et de l'honneur comme notre père ? N'avez-vous point lu combien il a traversé de royaumes, tant chez les chrétiens que parmi les infidèles ?

Ampedo répondit à son frère qu'il voyageât s'il en avait envie ; que, pour lui, il voulait demeurer à Famagouste et finir doucement ses jours dans le beau palais de son père.

Andolosie le pria de partager les joyaux. Ampedo lui demanda s'il voulait déjà violer le commandement de leur père qui avait ordonné, par sa dernière volonté, que ces deux trésors seraient inséparables. Andolosie réplique qu'il n'a pas égard à ce commandement.

— Mon père est mort, dit-il, je suis vivant ; c'est pourquoi je veux partager.

— Prenez donc le chapeau, et allez où vous voudrez, dit Ampedo.

— Prenez-le vous-même, répond Andolosie, et demeurez à Famagouste.

Comme ils ne pouvaient s'accorder et que chacun voulait la bourse, Andolosie trouva cet expédient pour ne pas enfreindre le commandement de son père et ne point venir au partage :

— Tirons, dit-il à son frère, tant d'or de cette bourse que nous remplissions deux coffres que vous garderez ; quelque bonne chère que vous fassiez, vous ne les dépenserez jamais en toute votre vie. Gardez aussi le chapeau pour vous divertir, et laissez-moi la bourse, je m'en divertirai avec honneur dans mes voyages, où je ne serai que six années ; à mon retour, je vous la rendrai pour en jouir autant de temps : ainsi elle sera toujours à nous deux, et nous recevrons par ce moyen un profit notable.

Ampedo, qui n'était pas des plus raffinés, se laissa gagner par son frère, et donna les mains[22] à sa proposition.

---

22 (Sens figuré) Consentir à quelque chose, y condescendre, y aider.

CHAPITRE XXIX

Le départ d'Andolosie avec sa bourse, et comment il vint à la cour du roi de France

On ne saurait dire avec quelle joie Andolosie reçut cette bourse ; il s'équipe richement, prend congé de son frère, sort de Famagouste avec une suite de quarante hommes, s'embarque dans son propre vaisseau, et vient prendre terre à Aigues-Mortes. De là il courut sur ses chevaux jusqu'à la cour du roi de France, et eut accès avec les principaux seigneurs du Louvre.

Il était si libéral que tout le monde gagnait avec lui, et il s'acquit par sa magnificence beaucoup d'honneur et de gloire. Dans le temps qu'il servait chez le roi, on fit des joutes, des tournois et de semblables exercices, où il se comporta avec tant d'adresse qu'il surpassait tous les autres. Après les tournois, on donna le bal aux dames, et, ayant été appelé de plusieurs, il dansa de si bonne grâce que toutes furent curieuses de savoir le nom d'une personne si adroite. Quand elles connurent sa noblesse, elles le considérèrent beaucoup, et il en trouvait peu de rebelles. Le roi même voulut l'avoir à dîner, et il entretint si agréablement Sa Majesté que toute la cour en fut charmée. Il donna à dîner à une partie de la noblesse, sans oublier les femmes, de façon que les dames eurent une estime toute particulière pour sa personne.

Andolosie avait contracté amitié avec un gentilhomme de la chambre, dont la femme était une des rares beautés de la cour. Il en devint si fort amoureux qu'après avoir fait des dépenses excessives, il lui promit jusqu'à mille pistoles[23] pour passer une nuit avec elle. Cette femme, qui était honnête, le découvrit à son mari, qui savait bien où employer cette somme ; mais l'honneur lui semblait préfé-

---

23 Monnaie d'or d'Espagne, d'Italie, ayant même poids que le louis (6,75 g), soit pratiquement le double que le ducat.

rable aux richesses. Néanmoins, comme il y avait dans leur voisinage une fort belle fille qui ne refusait pas de pareilles demandes, la femme, à la sollicitation de son mari, va lui révéler l'amour qu'on avait pour elle ; mais, étant mariée elle ne pouvait pas souffrir cette atteinte à son honneur, et, si la fille voulait prendre sa place, elle lui offrait cent écus. L'autre répondit qu'elle en était contente, pourvu qu'on lui donnât cette somme, laquelle lui fut comptée par avance du consentement même du mari.

Andolosie ne manque point de revoir sa belle dame et de lui faire les mêmes promesses ; l'assignation se donne au lendemain sur la nuit, moyennant les mille pistoles[24]. Andolosie en fut ravi et ne manqua point de se trouver à l'heure assignée.

---

24 Un écu valait 3 livres (ou francs), la pistole environ un louis ou 20 livres. Il y a un problème de conversion. On devrait lire 100 pistoles.

CHAPITRE XXX
Comment on trompa Andolosie en lui supposant une personne pour une autre

Cette femme dissimulée le reçut fort bien, se fit compter les mille pistoles, et, après l'avoir conduit dans sa chambre, elle en sortit avec promesse de rentrer aussitôt. Cependant elle envoie quérir sa voisine, qui vient prendre sa place.

Andolosie l'eût toujours prise pour la femme de son ami, si elle-même ne lui eût raconté la fourberie dans le fort de leur joie. Se voyant ainsi trompé, quoiqu'il se moquât de la femme, il donne encore cent écus à la fille, se retire en son logis, et commande à ses gens de se tenir prêts à partir. À une journée de Paris, il dépêche un valet à la fille supposée, laquelle reçoit encore deux cents écus afin de faire convenir en justice la femme du gentilhomme, pour lui avoir retenu neuf cents pistoles qui lui étaient dues pour sa peine. Cette fille la fait assigner, et Andolosie se vengea de la fourberie de ces deux créatures.

Il les oublia aussitôt qu'il eut quitté la France, et, ayant vu les royaumes d'Aragon, de Navarre, de Castille et de Portugal, il s'arrêta à la cour du roi d'Espagne, et il la trouva si belle que lui et ses gens s'habillèrent à l'espagnole. Il fit connaissance avec la plupart des nobles, et proposa des prix en l'honneur des dames. Il se mit au service de Sa Majesté Catholique, leva une compagnie à ses dépens, et se comporta avec tant de valeur dans les rencontres que le roi le fit chevalier. Sa Majesté lui proposa en mariage la fille unique d'un comte ; mais il refusa, parce qu'il n'avait point d'inclination pour elle, et que les richesses du comte lui étaient indifférentes, ayant toujours assez d'argent dans sa bourse.

Après quelques années de service, il obtint congé de Sa Majesté, et s'embarqua avec son monde pour passer en Angleterre. Plusieurs, tant de la cour du roi de France que de celle d'Espagne, se réjouirent de son éloignement, car ils ne pouvaient regarder toutes ses magnificences sans regret et sans envie. Mais il y en eut d'autres qui regrettèrent l'absence d'une personne si chère.

Dès qu'il fut arrivé à Londres, où le roi tenait sa cour, il loua un palais, qu'il fit richement meubler, et tint table ouverte. Il invita la noblesse, et fit des présents aux officiers de Sa Majesté. Il courut la lance et la bague, et remporta toujours le prix, tant de la part des hommes que de celle des dames. Enfin, sa réputation étant venue aux oreilles de Sa Majesté, elle lui fit offrir de si brillants emplois qu'il fut obligé de répondre qu'il tiendrait à honneur d'employer ses biens et sa vie pour son service.

Environ ce temps-là, Sa Majesté britannique eut guerre avec le roi d'Écosse. Andolosie leva des troupes à ses dépens, et fit de si belles actions aux yeux mêmes de ce prince qu'il reçut des éloges de tout le monde.

CHAPITRE XXXI

Le retour du roi d'Angleterre et d'Andolosie, et comment Sa Majesté l'invita à dîner

Quand la guerre fut terminée, Sa Majesté revint à Londres, et Andolosie avec elle. Il reçut de grands honneurs des dames et de tout le peuple. Le roi l'invita à dîner, et aussitôt qu'il eut vu Agrippine, sa fille, il n'eut point d'autre objet en tête que sa beauté. Il oublia le boire et le manger pour ne penser qu'à elle ; et il ne fut pas plutôt au logis qu'il s'écria : « Dieu ! que ne suis-je descendu de race royale ! Je rendrais de si grands services au roi qu'il m'accorderait sa fille en mariage, et je ne souhaiterais plus rien au monde. »

Il courut la bague, et rompit plusieurs lances en l'honneur de la reine et de la belle Agrippine ; il fut assez heureux pour obtenir la faveur de les traiter avec les principales dames de la cour.

Le festin fut somptueux et magnifique, et la reine et sa fille agréèrent deux bagues extraordinairement précieuses qui leur furent présentées. Il n'oublia pas la principale suivante de Sa Majesté, afin d'être mieux reçu dans la chambre des femmes. Le roi, qui fut averti de ses magnificences, voulut dîner le lendemain chez Andolosie. Mais Sa Majesté et toute sa cour furent surprises de ce festin superbe.

Enfin le roi, pour surprendre Andolosie, fit faire une défense secrète de vendre du bois à lui ni à ses gens, afin qu'il ne pût faire cuire ses viandes. Le jour même il envoya dire qu'il dînerait encore chez Andolosie, qui fit des dépenses inouïes pour traiter Sa Majesté ; mais il fut bien surpris quand on ne put cuire les viandes faute de bois. Néanmoins, il envoya ses valets chez quelques Vénitiens établis à Londres, et fit acheter quantité de clous de girofle et de cannelle, dont il fit bon feu. Le roi ne manqua point de venir sur le midi, mais l'odeur extraordinaire qu'il sentait dans le palais d'Andolosie l'étonna.

Sa Majesté fit demander si tout était prêt. On dit que oui, et qu'on avait fait cuire le dîner avec quelques épices. Si le roi fut bien traité la première fois, il le fut encore mieux la seconde, et cinq cents domestiques qui accompagnaient Sa Majesté à cheval reçurent d'Andolosie dix écus chacun.

Aussitôt que le roi fut arrivé dans son palais, il entretint la reine des excessives dépenses d'Andolosie, qui n'avait rien épargné dans ce festin, et dit qu'on s'étonnait bien fort d'où il recevait de l'argent. La reine assura Sa Majesté qu'Agrippine pouvait faire cette découverte, et qu'Andolosie aimait trop sa fille pour rien lui cacher. La reine communiqua la volonté du roi à sa fille, et l'instruisit des moyens qu'il fallait tenir pour savoir d'où venait tant d'argent à un homme sans terres.

CHAPITRE XXXII
Comment Agrippine, par ses feintes, emporta la bourse d'Andolosie

Dès qu'Andolosie fut à la cour, Agrippine le reçut avec joie, et ils s'entretinrent en particulier fort longtemps. Agrippine lui dit qu'on ne parlait d'autre chose que des festins qu'il avait faits à Leurs Majestés et de ses présents, et lui demanda s'il n'appréhendait point que l'argent lui manquât. Il répondit que non.

« Vous êtes donc bien obligé à prier Dieu pour votre père de vous en avoir tant laissé », répliqua Agrippine.

L'amoureux répondit :

— Je suis aussi riche que mon père, et jamais mon père ne fut plus riche que moi ; mais il était d'une complexion bien différente de la mienne, car il n'aimait que les voyages, et je n'aime que les dames.

— N'en avez-vous point vu de belles en la cour de tant de rois que vous avez hantés ? dit Agrippine.

Il demeure d'accord qu'il en a vu quelques-unes en six royaumes où il a servi ; mais il assure qu'elle les surpasse toutes en beauté, en bonne grâce et en sagesse ; qu'il est tellement embrasé de son amour qu'il ne peut le dissimuler, et qu'il est contraint de taire ce qu'il ne peut exprimer. Agrippine lui promet toutes choses pourvu qu'il lui découvre la source de ses richesses.

Andolosie, tout transporté de joie, se découvre ainsi à elle :

— Ma reine, il n'est rien que je ne vous déclare, pourvu que vous me soyez fidèle » ; et une fidélité inviolable lui ayant été jurée, il tire sa bourse de son sein, la montre à Agrippine, et lui déclare qu'il ne manquera d'argent que lorsque cette bourse bienheureuse lui manquera. Pour prouver la vérité de ses paroles, il lui compte mille pistoles dont il lui fait présent.

Il la conjure encore une fois de tenir sa promesse comme il avait tenu la sienne. Elle consent qu'il vienne passer la nuit suivante avec elle, et lui dit que sa fille de chambre l'instruira de toutes choses. Andolosie ne fut pas hors du palais de la reine qu'Agrippine court à sa mère avec les mille pistoles, lui raconte tout ce qui s'était passé, et qu'il ne manquerait pas de venir à une certaine heure de la nuit. La reine, toute joyeuse, demande à sa fille si elle a bien remarqué la façon, la couleur et la taille de cette bourse ; elle répond que oui. On fait venir à l'instant même un boursier, avec commandement de faire au plus tôt une bourse pareille à celle d'Andolosie.

La reine envoie promptement quérir son médecin pour ordonner une potion qui fasse dormir sept ou huit heures. Ensuite on instruit la fille de chambre d'Agrippine de ce qu'elle doit faire pour mieux duper son homme.

Andolosie ne manque point de se trouver à l'heure assignée dans la chambre de la belle, qui le reçoit et l'entretient le plus agréablement du monde. On apporte une collation de confitures, et Agrippine n'oublie pas de dire plusieurs fois à Andolosie qu'elle boit à lui ; je vous laisse à penser si on lui épargna le breuvage préparé. Cette boisson lui causa un si grand sommeil qu'il tomba par terre sans aucun sentiment.

Agrippine, le voyant en cet état, lui ôte sa bourse et en met une autre à la place. Au point du jour elle la fit voir à la reine, et plusieurs pièces d'or qu'elles en tirèrent, par essai, leur prouvèrent que leur ruse avait complètement réussi.

La reine apporta au roi plein son tablier de pièces d'or, et raconta comment on avait trompé Andolosie. Sa Majesté demanda la bourse ; mais Agrippine refusa net de la donner.

Quand Andolosie eut longtemps dormi, il fut bien surpris de se voir avec la fille de chambre. Il demande où est Agrippine ; on lui répond qu'elle vient de se lever et que la reine l'avait appelée.

— Mais, Monsieur, dit la fille de chambre, pourquoi avez-vous tant dormi ? J'ai tâché de vous réveiller plusieurs fois, mais vous étiez si endormi que je vous eusse cru mort, si ce n'était que vous ronfliez encore.

À ces paroles, Andolosie vomit toute sorte de blasphèmes. La fille de chambre employait beaucoup de douceur pour l'apaiser, et le conjurait de revenir une autre fois. Il ne put pas s'empêcher de lui répondre : «Tes fortes fièvres quartaines, vieille édentée ! Pourquoi m'as-tu laissé dormir si longtemps ?» Elle jura qu'elle avait fait son possible pour l'éveiller, et fit tant qu'il sortit de la chambre d'Agrippine, et enfin du palais de Sa Majesté. Andolosie se retira tout fâché d'avoir tant dormi, sans savoir néanmoins que ce sommeil lui eût fait perdre sa bourse.

CHAPITRE XXXIII

De l'étonnement où se trouva Andolosie, ayant perdu sa bourse, et comment il congédia tous ses serviteurs, puis s'enfuit secrètement à Famagouste

L e roi souhaitait avec passion une semblable bourse, et croyait qu'Andolosie en avait plusieurs de même sorte, ne pouvant s'imaginer qu'il fût assez sot de négliger ainsi la sienne s'il n'en avait qu'une. Pour en savoir la vérité, le roi lui fit dire qu'il dînerait encore avec lui. Andolosie appelle son dépensier pour lui donner de l'argent, et, sortant la bourse de son sein, il fut bien surpris de ce qu'elle ne donnait plus rien. Il leva les yeux au ciel, et fit mille postures différentes, de sorte que c'était pitié de le voir en cet état déplorable. Il se ressouvint alors des instructions que son père lui avait données sur son lit de mort, et comment il leur avait enjoint expressément de ne déclarer à personne la vertu de sa bourse ; il reconnut que, pour n'avoir pas gardé ces commandements, toutes ses magnificences étaient terminées.

Il appelle donc ses domestiques, qui étaient payés d'avance, et leur donne congé. Ils furent tous surpris de ce changement si soudain ; un d'eux s'offrit à faire mourir celui qui aurait offensé son maître, quelque relevé qu'il pût être, promettant de vendre toutes choses plutôt que de l'abandonner. Andolosie réitère leur congé, se fait amener son cheval, et chemine tant par mer et par terre qu'il arrive à Famagouste.

CHAPITRE XXXIV

Des plaintes qu'Andolosie fait à son frère pour la perte de sa bourse

Ampedo n'eut pas sitôt appris le retour de son frère qu'il en conçut une joie extrême, espérant jouir à son tour de la bourse et d'être à l'avenir plus libéral qu'il n'avait été depuis dix ans. Il va donc à sa rencontre pour apprendre les aventures de son voyage ; mais il fut bien étonné de le voir seul, sans aucun domestique. Il voulut en savoir la cause, et son frère le remit après le repas. Quand ils eurent dîné, ils passèrent dans une chambre écartée, où Andolosie raconta à son frère les tristes nouvelles de sa bourse perdue.

Ampedo lui demande comment il l'a perdue ; il répond qu'il n'a pas obéi aux commandements de leur père, et qu'ayant déclaré la vertu de sa bourse à une personne qu'il aimait, elle a trouvé les moyens de la prendre.

— Certes, nous devions obéir à notre père, réplique Ampedo, et ne jamais séparer deux trésors si précieux. Voilà ce qui vous est arrivé pour vouloir courir le monde.

— Mon frère, ne m'en parlez pas davantage, car je suis tellement ennuyé de vivre que je voudrais être déjà mort.

CHAPITRE XXXV

Comment Andolosie, avec le chapeau de son frère, se souhaita en Angleterre, où il enleva Agrippine et sa bourse

Ampedo fut touché des plaintes de son frère ; il tâcha de le consoler en lui rappelant les deux coffres qui lui restaient pleins de ducats, et le petit chapeau, dont ils feraient une grande somme, s'ils en écrivaient au Soudan. Andolosie fit réponse qu'il eût bien désiré le petit chapeau, et que, par son moyen, il eût recouvré indubitablement sa bourse.

Ampedo lui dit qu'il devait se contenter d'avoir perdu sa part, sans hasarder de perdre encore celle de son frère ; qu'il consentait bien qu'il se divertît de son chapeau, mais qu'il ne l'emporterait point. Andolosie change de résolution et proteste à son frère que, s'il a manqué par le passé, il fera mieux à l'avenir, et ne s'éloignera jamais de sa volonté. Il envoie à la chasse les serviteurs d'Ampedo, et les assure de les suivre au plus tôt.

Cependant il emprunte le chapeau de son frère pour le divertissement de la chasse. Ampedo, qui était crédule, l'apporte librement ; mais Andolosie quitte la chasse et les chasseurs, et, par le moyen de son chapeau, se souhaite à Gênes. Aussitôt arrivé dans cette ville, il se fit apporter les plus beaux joyaux qui s'y trouvaient, et, s'étant informé de leur prix, il les emporta et partit sans payer. Il en fit autant à Florence et à Venise, où il enleva les plus belles pierreries sans rien débourser.

Il vint à Londres, et, ayant épié l'heure où Agrippine allait à l'église, il étale sur une table ses pierreries. Dès qu'il aperçut dans la rue la fille de chambre d'Agrippine, celle-là même qui l'avait endormi par son breuvage, il lui présenta une bague, et autant à sa compagne, avec prière de faire en sorte qu'il pût en vendre à Agrippine. Il connaissait parfaitement bien toutes les filles, mais elles ne pouvaient pas le reconnaître, car il s'était déguisé avec soin.

Dès qu'Agrippine fut de retour au palais, les filles lui montrèrent leurs bagues, l'assurant que le joaillier leur en avait fait présent afin d'avoir l'honneur d'en vendre à leur maîtresse. À les voir, elle jugea bien qu'il en avait de riches, de sorte qu'elle commanda qu'on le fît venir dans sa chambre. Il vint donc étaler ses joyaux, qui plurent extrêmement à Agrippine. Après les avoir examinés les uns après les autres, elle en marchanda quelques-uns, mais elle n'en offrait pas la moitié de ce qu'ils valaient.

Le joaillier lui représente que, pour être la plus riche des filles de tous les rois, elle en offrait beaucoup trop peu ; qu'il avait eu soin de rechercher les plus beaux pour les lui apporter ; qu'ils lui coûtaient davantage, et qu'il la suppliait d'avoir égard à la peine et aux périls qu'il avait courus pour se les procurer ; qu'enfin elle mît ensemble tous ceux qui lui plairaient davantage. Elle en assembla jusqu'à dix, qui pouvaient bien valoir 10 000 écus ; mais elle n'en voulait pas donner autant.

Le joaillier disait en soi-même : « Mon compte serait bientôt fait si je voyais seulement ma bourse. » Néanmoins elle en offre 4 000 écus, et va quérir sa bourse pour les payer.

D'abord le joaillier se range d'un côté afin qu'elle se rapprochât de plus près, et, dès qu'elle se mit à compter, il la prend entre ses bras et se souhaite avec elle dans le désert. Ils furent aussitôt enlevés, et se trouvèrent dans une île déserte, sur les frontières d'Irlande.

Agrippine, se voyant sous un arbre chargé de pommes, en demanda une au joaillier pour se faire revenir le cœur, qu'elle avait extrêmement faible. Andolosie, avant de monter sur l'arbre, posa son chapeau sur la tête d'Agrippine, afin qu'il ne tombât rien qui pût lui nuire. Comme elle ne savait ni le lieu où elle se trouvait ni de quelle façon elle y était arrivée, elle se mit à dire : « O Dieu ! que ne suis-je dans ma chambre ! » Aussitôt qu'elle eut prononcé ces paroles, elle fendit l'air et arriva heureusement où elle s'était souhaitée.

Le roi, la reine et toute la cour en ressentirent une joie infinie : on s'informa de quel pays elle venait et où elle avait laissé le joaillier qui l'avait enlevée ; elle dit :

— Sur un arbre, et ne m'en demandez pas davantage, car je suis si lasse qu'il faut que je me repose.

Je ne vous dirai pas ce que devint Andolosie lorsqu'il vit partir Agrippine avec son chapeau et toutes les pierreries qu'il avait pu ramasser en trois villes. Il donna mille malédictions à l'arbre et à son fruit, ainsi qu'à celui qui l'avait planté. Il maudit cent fois le jour et l'heure de sa naissance, aussi bien que la vue d'Agrippine.

Combien de fois appela-t-il la mort à son aide ! Il ne souhaitait la présence de son frère que pour l'étrangler, et pour se pendre ensuite à un arbre, afin que la vieille reine, la vieille sorcière et la perfide Agrippine ne pussent profiter de la vertu de sa bourse. Enfin, après avoir tourné tantôt d'un côté et tantôt de l'autre, il vit le ciel se couvrir d'une nuit si obscure qu'il fut contraint de se coucher sous un arbre pour y reposer ; mais il lui fut tout à fait impossible de dormir, tant son désespoir était grand.

Dès la pointe du jour il chercha s'il ne découvrirait personne, et, ayant jeté la vue sur de belles pommes, il en cueillit quelques-unes pour rassasier sa faim. Quand il les eut mangées, deux cornes de chèvre lui sortirent du front. Il courut contre un arbre, s'imaginant pouvoir les briser ou les faire tomber, mais elles tenaient trop bien. Il criait comme un enragé, et déplorait son infortune de ne plus voir une créature humaine, quoiqu'il y en eût des millions sur la terre. Enfin il implora l'assistance du Ciel, et en ressentit le pouvoir dans la grande nécessité où il se trouvait.

CHAPITRE XXXVI

La rencontre qu'Andolosie fit d'un ermite qui lui apprit le moyen doter les cornes

Il poussait de si hauts cris qu'ils furent entendus par un vieil ermite, qui était bien demeuré trente ans dans ce désert sans y voir personne. Il sortit de sa grotte pour apprendre d'Andolosie le sujet de son arrivée et ce qu'il cherchait. Celui-ci témoigna beaucoup de regret d'y être venu, et il était si faible qu'il supplia le reclus de lui donner de quoi se refaire.

Alors l'ermite le mena dans sa grotte, où il n'avait à lui offrir pour tout repas que des racines et de l'eau ; mais il n'était pas accoutumé à une nourriture de ce genre.

Andolosie demanda à l'ermite ce qu'il allait pouvoir faire pour se débarrasser de ses cornes. Celui-ci lui cueillit deux pommes ; aussitôt qu'il les eut mangées, ses cornes disparurent. Il voulut savoir la cause d'un si prompt changement, et l'ermite lui parla ainsi :

— Celui qui a créé le ciel et la terre a bien voulu créer ces arbres et donner à leur fruit la vertu que vous avez ressentie. Il n'y a que ce seul désert au monde qui produise de pareilles pommes, et je vous conseille d'en prendre autant qu'il vous plaira. Mais votre esprit me semble beaucoup plus égaré que votre corps, et je vois que vous préférez les choses périssables aux éternelles. Songez que vous avez une âme à rendre au Créateur, qui vous l'a donnée, et qu'un plaisir d'un moment vous peut faire perdre l'éternité.

Andolosie fut insensible à ces paroles ; il était tout occupé de la grandeur de sa perte. Il prit donc des pommes qui font venir des cornes et de celles qui les font disparaître, et pria l'ermite de lui montrer le grand chemin, ce qu'il fit, et, après l'avoir remercié, Andolosie arriva à un bourg où il prit quelque nourriture pour se remettre.

Il apprit qu'il était encore en Irlande, et qu'il fallait passer par l'Écosse avant d'arriver en Angleterre. Il s'affligeait beaucoup de se voir si éloigné de Londres, car il appréhendait que ce beau fruit ne pourrît en chemin. Néanmoins, il fut bien consolé quand on lui dit que près de là il trouverait des vaisseaux anglais qui le porteraient en peu de temps à Londres.

Il s'embarque, et, y étant heureusement arrivé, il met une fausse perruque, se poche un œil, et prend une petite table qu'il expose devant l'église par où Agrippine devait passer. Il étale son fruit sur une belle nappe, et crie plusieurs fois : « Pommes de dames ! pommes de dames ! » Personne ne voulut en acheter, car il les vendait trop cher, si bien qu'on en perdait l'envie.

Agrippine ne tarda guère à passer, suivie de ses demoiselles. De si loin qu'Andolosie l'aperçut, il se mit à crier : « Pommes de dames ! » Agrippine s'étant informée du prix, il les fit trois écus la pièce. Elle fut curieuse d'apprendre la vertu d'un fruit si cher ; comme on lui répondit qu'il donnait, la beauté et la vivacité d'esprit, elle commanda à sa fille de chambre d'en acheter une couple. Andolosie plia aussitôt boutique, et Agrippine ne tarda guère à manger ses deux pommes, qui lui firent croître deux grandes cornes au front. Quand elle se vit dans le miroir, elle se trouva si monstrueuse qu'elle fit tous ses efforts pour les arracher.

Sa tête était si pesante qu'elle se tenait toujours couchée sur son lit. Ses demoiselles, la voyant si bien encornée, s'écriaient comme si elles eussent vu le malin esprit. Enfin elles lui demandèrent qui l'avait ainsi défigurée ; elle répond tantôt que c'est un châtiment de Dieu, et tantôt que c'est un effet des pommes qu'elle a mangées ; qu'elles cherchent un remède pour lui ôter ses cornes, et qu'elles l'aident dans une nécessité si grande.

Toutes ses filles se mettent après ses cornes pour les lui arracher, mais en vain ; elle en ressentit autant de douleur que de tristesse.

— Oh! que je suis infortunée! disait-elle. Que me sert-il d'être fille de roi, d'avoir des richesses, et d'être estimée la plus belle de la cour, si je suis réduite à porter éternellement des cornes, comme les chèvres? Il faut que je me précipite dans la Tamise, si ce mal est sans remède.

Sa principale fille de chambre tâcha de la consoler en lui remontrant qu'elle ne devait pas se désespérer de la sorte; que, puisque les cornes lui étaient venues, il était croyable qu'elles pourraient disparaître; qu'il fallait consulter les plus savants médecins, et que peut-être ils trouveraient dans leurs livres les moyens d'abattre deux si grands bois.

Ces raisons consolèrent l'affligée, qui enjoignit à ses filles de tenir ses cornes secrètes, et de dire qu'elle ne parlait à personne à cause de quelque indisposition. Aussitôt l'on chercha soigneusement des médecins, et on leur demanda s'ils avaient quelque secret pour faire tomber les cornes de la tête.

Ce prodige étonna les docteurs en médecine, et ils désiraient passionnément voir ce personnage cornu. Les filles de chambre leur représentèrent que cet ami ne voulait pas être connu, mais que, s'ils pouvaient l'aider, ils auraient de grandes richesses. Ils n'osèrent pas entreprendre cette cure, car ils n'avaient jamais eu connaissance d'une semblable maladie ni dans les conversations ni dans les livres.

CHAPITRE XXXVII

Comment Andolosie, déguisé en médecin, ôta les cornes d'Agrippine et recouvra par ce moyen son petit chapeau et sa bourse

La fille de chambre rencontra Andolosie habillé en médecin, avec une longue robe d'écarlate, un large bonnet rouge et un grand nez contrefait. Il lui dit sans autre préambule :

— Mademoiselle, j'ai appris que vous recherchez les plus célèbres médecins; avez-vous trouvé quelque remède à votre mal? Je suis docteur en médecine, et, si vous agréez mes services, la maladie sera bien grande si je ne la guéris avec l'aide de Dieu.

Cette fille de chambre crut d'abord que le Ciel lui avait envoyé ce docteur; elle lui dit que le front d'un personnage illustre s'était augmenté de deux grandes cornes par un malheur extraordinaire, et que, s'il avait des remèdes contre un si grand mal, il serait richement récompensé. Le docteur ne fit que sourire, et l'assura d'avoir une science toute particulière pour ôter les cornes sans douleur et sans peine, mais qu'il en coûterait beaucoup d'argent.

— Hé! Monsieur le docteur, dit la demoiselle, obligez-moi, je vous prie, de me dire la cause d'une si grande monstruosité.

— Il faut sans doute, répond le docteur, que ce personnage dont vous m'avez parlé ait trompé quelqu'un et qu'il se réjouisse ou fasse paraître ouvertement sa joie. Elle a choisi cet endroit pour sortir, et il vaut beaucoup mieux qu'elle ait éclaté par le haut : car, si elle n'eût trouvé cette issue, la personne serait morte, et on lui eût vu sortir le cœur du ventre. Il n'y a pas deux ans qu'étant à la cour du roi d'Espagne, un grand seigneur m'amena sa fille, qui était extrêmement belle, si vous en exceptez qu'elle avait également deux cornes; je les fis tomber et lui rendis sa première beauté.

Quand la gouvernante entendit parler de la sorte monsieur le docteur, elle s'informa de son logis, avec assurance d'aller le voir au plus tôt. Il lui dit que, comme il n'était arrivé que depuis trois jours, il n'avait point encore loué de maison ; qu'il était logé à l'auberge *au Singe qui pêche*, qu'il fallait demander le docteur au grand nez, et qu'on le connaissait mieux par ce sobriquet que par son véritable nom. Il n'eut pas achevé ces paroles que la fille de chambre courut toute joyeuse à sa triste maîtresse, qu'elle encouragea par l'assurance d'un prompt remède à son mal.

Elle raconta les divers médecins qu'elle avait consultés, qui désespéraient tous de sa maladie ; mais que le docteur au grand nez lui avait donné de bonnes espérances ; qu'il avait guéri la fille d'un comte, et qu'il se promettait de la guérir. La fille du roi se fâcha contre la gouvernante de ce qu'elle ne lui avait pas amené ce maître docteur, et elle la renvoya promptement chez lui avec cent pistoles, tant elle souhaitait voir ses cornes abattues.

Elle retourne donc au médecin, lui donne cette somme, et lui fait promettre de venir sur la nuit et d'être discret. Cependant il ne manque point d'acheter les drogues nécessaires, qu'il mêle dans une moitié de pomme avec de la rhubarbe et du sucre. Puis, s'étant parfumé de musc et d'ambre, il vint rejoindre la gouvernante, qui l'attendait au *Singe qui pêche* pour l'introduire dans la chambre d'Agrippine.

Elle fit un très bon accueil à ce médecin déguisé, qui l'assura d'une prompte guérison pourvu qu'elle eût du courage. Comme elle était couchée, il la fit lever, afin que, en maniant son mal, il y appliquât les remèdes propres. Agrippine était honteuse de se voir contrainte à montrer ses cornes ; néanmoins elle se leva, et le docteur au nez contrefait, ayant manié les cornes à son aise, lui ordonna de prendre la peau d'un vieux singe, pour en faire des chaussettes qu'on appliquerait chaudement sur chaque corne. On va promptement quérir le singe du roi ; on le tue, on l'écorche, et le médecin fait deux petites chaussettes dont il enveloppe ses cornes. Il proteste à la malade que cette chaleur amollira ses cornes, et qu'elles s'en iront par les selles. C'est pourquoi il lui donne de sa préparation propre à endormir et à purger.

Agrippine exécuta ponctuellement toutes les ordonnances de ce nouveau docteur, qui lui avait seulement donné la moitié d'une de ces pommes qui font disparaître les cornes. Ce remède fit son effet : elle dormit, et la force de la rhubarbe la purgea très abondamment. Le médecin vint tâter les chaussettes, et trouva que les cornes étaient diminuées d'un quart. Agrippine était si fort irritée contre elles qu'elle ne voulait point y porter la main, si on ne l'eût assurée qu'elles étaient raccourcies, ce dont elle fut très joyeuse. Elle pria le médecin de continuer ; il promit de revenir le soir et de réitérer le même remède, qui eut un effet semblable.

Enfin il ordonna une troisième dose, et, voyant Agrippine endormie, il se disait en soi-même : « Quelque récompense qu'elle me donne, je suis résolu de ne la guérir que je ne lui aie parlé d'une autre façon. Je me découvrirai à elle ; si elle ne me satisfait, je rendrai à ses cornes leur grandeur première. Après cela je me retirerai en Flandre, et lui écrirai que, si elle veut perdre ses cornes, elle vienne me trouver et m'apporte ce que je désire. »

CHAPITRE XXXVIII

Comment Andolosie, en se baissant pour ramasser son bonnet, trouva son chapeau

Tandis que notre docteur au nez contrefait s'entretenait de ces choses, la gouvernante arriva pour voir ce que faisait Agrippine, qu'elle trouva endormie. Il mit la main à son bonnet, mais si vivement qu'il le fit tomber par terre ; comme il se baissait pour le ramasser, il vit sous le lit son petit chapeau, dont on ne faisait point de compte, parce qu'on n'en connaissait pas la vertu, pas même Agrippine, qui l'avait cependant si bien éprouvée.

Ce médecin d'eau douce envoya la gouvernante quérir une médecine, et ramassa, durant son absence, son petit chapeau, qu'il cacha soigneusement sous sa robe.

Cependant Agrippine s'éveilla et s'habilla. Le docteur ôta les chaussettes des cornes, qui se trouvèrent fort petites. La gouvernante ne put s'empêcher de dire à sa maîtresse qu'une nuit la rendrait entièrement guérie et la dépêtrerait de ce vilain docteur, qui était capable d'effrayer tout le monde par la laideur de son affreux nez.

Andolosie, ayant recouvré son petit chapeau, changea la résolution qu'il avait prise de se découvrir à Agrippine. Il se contenta de lui représenter l'amendement de son mal, que la plus grande difficulté consistait à arracher la racine de ces cornes, qu'il fallait des drogues qui ne se trouvent qu'en pays étranger, qu'il était contraint d'entreprendre ce voyage ou d'y envoyer un docteur habile, que cela demandait de grands frais, et qu'il serait bien aise de savoir la récompense qu'on lui donnerait pour l'avoir délivrée de ses cornes.

La malade répondit qu'elle approuvait sa science et ses remèdes, qu'elle le priait de l'assister et de n'épargner aucunement l'argent.

— Madame, répliqua le docteur, vous savez bien me dire que je n'épargne point l'argent ; je suis pourtant contraint de l'épargner, car je n'en ai point.

Agrippine était extrêmement avare et chiche, quoique sa bourse fût toujours pleine d'or. Néanmoins elle ouvre son cabinet, où étaient les plus beaux joyaux et sa bourse, qu'elle prit pour donner une somme considérable au médecin.

Quand elle eut compté environ cinq cents jacobus[25], Andolosie, feignant de chercher sa bourse pour y mettre son argent ; tire son petit chapeau, et, embrassant Agrippine, se souhaite avec elle dans un désert où il n'y eût personne. Sur l'heure même son souhait s'accomplit, tant ce chapeau avait de vertu et de force.

La vieille gouvernante, voyant qu'on enlevait ainsi sa maîtresse, courut promptement à la reine lui raconter comment Agrippine avait été enlevée une seconde fois avec le médecin, et tout ce qui s'était passé touchant les cornes et ce docteur au grand nez. La reine fut bien peu troublée de ce départ, car elle espérait que sa fille reviendrait comme l'autre fois, et qu'il ne lui manquerait rien dans ce voyage, puisqu'elle avait une si bonne bourse. Néanmoins, comme elle ne revenait point, la reine crut l'avoir perdue.

Elle vint donc au roi les yeux baignés de larmes, et raconta à Sa Majesté tout ce qui s'était passé entre le médecin et sa fille. Le roi lui dit que ce docteur n'était pas malhabile, qu'il en savait plus que les autres, que ce ne pouvait être qu'Andolosie, que la fortune récompensait après avoir été trompé avec tant de perfidie, et que Dieu ne voulait pas qu'un autre jouît de sa bourse. La reine désirait qu'on envoyât des courriers en plusieurs endroits pour chercher sa fille ; le roi, tout au contraire, l'empêcha, de crainte qu'on ne lui fît des reproches de ne pas l'avoir bien gardée.

Mais retournons au désert pour voir ce qu'Andolosie fait avec Agrippine. Il jette sa robe de docteur par terre, démonte son grand

---

25 Ancienne monnaie d'or d'Angleterre, frappée sous Jacques Ier d'Angleterre et valant environ une guinée (soit une livre et un schilling).

nez, et vient à elle tout en colère. D'emblée elle reconnut Andolosie, qui, jetant le feu par les yeux, fit paraître la fureur et la cruauté sur son visage. Il tire un couteau, coupe la ceinture d'Agrippine, prend sa bourse, la remet en sa première place, c'est-à-dire dans son pourpoint. Cette pauvre désolée s'imaginait déjà perdre la vie. Elle devint si troublée qu'elle ne put jamais ouvrir la bouche, et tout son corps tremblait comme la feuille.

Andolosie lui fit tous les reproches que lui suggéra sa rage.

— Ô la plus perfide de toutes les filles! c'est maintenant que je me vengerai de votre infidélité et de votre perfidie! Que votre fille de chambre vienne me présenter des breuvages afin de m'endormir! Quand ces deux vieilles sorcières seraient près de vous, toutes leurs fourberies seraient trop grossières pour m'ôter encore une seconde fois la bourse. Fallait-il que vous me fussiez si déloyale, lorsque je vous étais si fidèle? Je vous avais donné mon cœur, mon âme et ma vie, et vous m'avez volé mes biens. Que n'ai-je fait pour l'amour de vous! J'ai rompu une infinité de lances pour vous plaire, j'ai fait mille actions généreuses, et tout ce qu'un brave peut faire pour gagner les bonnes grâces d'une belle; cependant vous avez eu l'âme si dure que vous m'avez réduit à une misère extrême sans être aucunement touchée de pitié. Le roi même et la reine se sont moqués de moi, et vous m'avez porté à un si grand désespoir que j'étais sur le point de me pendre. Si je l'eusse fait, n'étiez-vous pas coupable de la perte de mon âme, de mon corps, de mes biens et de mon honneur? Ô cruelle! ô perfide, jugez vous-même si vous ne méritez pas qu'on vous traite comme vous m'avez traité!

Comme il était seul et de loisir dans ce désert, il dit cent autres choses différentes, selon qu'il se sentait agité de passions diverses. Agrippine était si effrayée qu'elle ne savait que dire; ses yeux semblaient collés à terre, et son étonnement fut si grand qu'elle demeura longtemps interdite. Quand elle fut un peu remise, elle avoua franchement sa faute. Elle conjura Andolosie, par sa générosité ordinaire, d'avoir égard à l'ignorance, à l'infirmité et à l'inconstance du sexe, de ne pas prendre les choses à la rigueur et de ne pas décocher contre une pauvre fille tous les traits de sa colère ; qu'il rendît le bien pour le mal, ce qui n'est propre qu'aux âmes héroïques comme la sienne ; combien il serait honteux à lui et à sa postérité de lire dans l'histoire qu'un homme eût de la sorte maltraité la fille d'un roi ; enfin, qu'il ne souffrît pas cette tache à sa valeur et à sa gloire.

Andolosie répond qu'elle est une discoureuse ; que l'affront qu'il a reçu est si fort empreint dans son cœur qu'il ne peut l'oublier, et que la vengeance est très naturelle aux personnes offensées. Néanmoins il promet de mettre un frein à sa colère, et de ne lui faire aucune injure, se contentant qu'elle portât ses marques, afin de se souvenir de lui.

La peur qu'Agrippine eut de perdre la vie lui fit oublier les cornes qu'elle portait. S'assurant donc sur la parole d'Andolosie, elle prend courage et s'écrie : « Plût à Dieu que je fusse garantie de mes cornes et que je pusse revoir le palais de mon père ! » Quand Andolosie entendit les souhaits qu'elle faisait, il courut promptement à son petit chapeau et l'ôta d'auprès d'elle, car, si elle en eût couvert sa tête, c'en était fait. Il l'attache donc à sa ceinture.

Cela fit bien connaître à Agrippine qu'elle n'avait été transportée deux fois que par la vertu de ce petit chapeau. Elle en regretta si fort la perte qu'elle disait en soi-même : « Je suis bien malheureuse de me voir privée maintenant de deux choses si précieuses que j'ai eues en ma puissance. » Néanmoins, elle dissimula son ressentiment en la présence d'Andolosie, et le conjura de la garantir de ses cornes et de la rendre à son père. Il lui promit bien de la faire retourner quelque jour au palais du roi, mais il l'assura qu'elle porterait les cornes tout le temps de sa vie, quelque prière qu'elle pût faire.

CHAPITRE XXXIX

Comment Andolosie mit Agrippine dans un couvent et la recommanda à l'abbesse

Quand Agrippine se vit réduite à porter éternellement les cornes; elle conçut une grande aversion pour sa patrie, pour ses parents et pour ceux de sa connaissance. Elle supplia donc Andolosie de la transporter en quelque pays étranger, où elle ne fût connue de personne, et, bien qu'il eût résolu de la rendre à son père et à sa mère, elle aima beaucoup mieux entrer en religion que de retourner en Angleterre. À ce mot de religion, Andolosie lui demanda si elle parlait sincèrement; elle l'assura que oui.

Par la vertu de son petit chapeau, il la transporta en Irlande, assez près du Purgatoire de Saint-Patrice. Il la laisse assise sur un pré isolé et s'en va heurter à un couvent de femmes nobles, afin de parler à l'abbesse. Il lui déclara d'abord le sujet de son arrivée, le dessein qu'il avait de lui donner une fille de noble extraction et la plus belle de son siècle, si l'on exceptait qu'elle avait deux cornes sur la tête; que cette petite imperfection la rendait tellement honteuse qu'elle abandonnait le monde; enfin, qu'il suppliait l'abbesse de la recevoir, et qu'il paierait sa pension au triple. Cette vénérable supérieure, après avoir représenté à Andolosie le bon traitement que l'on recevait dans son cloître, consentit qu'on amenât cette belle cornue, à condition qu'on payerait le triple.

Andolosie fut la quérir promptement et l'amena à l'abbesse, qui la reçut avec grand honneur. Son air, sa taille et son maintien lui plurent beaucoup, et elle regrettait infiniment que cette belle portât sur sa tête ces maudites cornes.

Elle lui fit plusieurs demandes avant de la recevoir dans son couvent, lui remarqua les heures qu'on allait à matines, et cette obéissance aveugle qu'il fallait observer; que la religion n'était point rigoureuse, et qu'on pouvait se marier sans scrupule. Agrippine assura la supérieure qu'elle ne prétendait pas apporter aucun changement à l'ordre ni aux coutumes, et promit d'obéir à ses commandements.

Cette métamorphose plut tellement à Andolosie qu'il compta 10 000 écus à l'abbesse, lui recommanda Agrippine, et prit congé d'elle. Il fut impossible à Agrippine de retenir ses larmes. Elle conjura Andolosie de ne pas l'oublier, et de la revoir dans peu de temps, puisqu'elle ne pouvait servir ni Dieu ni le monde, tant elle abhorrait ces cornes.

Le cœur d'Andolosie s'attendrit à ses paroles; néanmoins il ne lui rendit aucune réponse, ce qui affligea extrêmement Agrippine. Il quitta donc gaiement sa moinesse cornue, mit son petit chapeau sur sa tête, et, se souhaitant d'un pays en un autre, il vint à Bruges en Flandre.

Andolosie goûta tant de charmes dans cette ville qu'il oublia ses travaux et ses peines. Son train était honorable; il acheta trente des plus beaux chevaux et fit habiller tous ses serviteurs d'une même livrée. Il rompit plusieurs lances et fit tous les autres exercices convenables à un gentilhomme.

Ensuite il passa en Allemagne, visita les plus belles villes de l'Empire et se rendit à Venise, à Florence et à Gênes, pour payer entièrement aux marchands les pierreries qu'il leur avait emportées.

Enfin, il s'embarqua avec tout son train dans un navire et aborda heureusement à Famagouste.

Notre langue n'est pas assez éloquente pour vous exprimer la joie d'Ampedo à la vue de son frère. Il y eut un festin magnifique, et, après qu'ils eurent dîné, ils passèrent tous deux dans une chambre écartée, afin qu'Andolosie pût mieux raconter ses diverses aventures.

Il commença d'abord par la perte du petit chapeau et de la bourse, ce qui troubla si bien Ampedo qu'il s'évanouit avant que d'en ouïr la suite. Après qu'il fut revenu de cet évanouissement, Andolosie lui dit qu'à la vérité il les avait perdus par sa faute, mais qu'il les avait recouvrés avec subtilité. Pour l'assurer davantage, il tira la bourse de son pourpoint et le petit chapeau de sa valise, et les présenta à son frère, afin qu'il s'en divertît tout à son aise.

Ampedo ne voulut point accepter la bourse, d'autant qu'on ne pouvait la posséder sans péril et sans inquiétude, comme il l'avait fort bien remarqué en la personne de son frère.

Andolosie fut ravi de voir que la bourse lui demeurait, et n'en parla plus à son frère, tant il appréhendait de le fâcher. Il reprit donc ses premiers exercices, c'est-à-dire les tournois, la danse et plusieurs autres semblables, qui lui acquirent généralement l'estime de tout le monde.

Après qu'il eut séjourné quelque temps à Famagouste, il partit avec son train, et alla faire la révérence au roi, qui le reçut fort bien. Sa Majesté voulut savoir les royaumes qu'il avait vus, et s'il n'avait point ouï parler en Angleterre de la fille unique du roi, que l'on disait perdue, laquelle il eût bien voulu donner en mariage à son fils.

Andolosie répondit qu'il pouvait assurer à Sa Majesté que véritablement le roi avait une des plus belles filles du monde, et que par une magie tout extraordinaire elle était venue en Irlande, dans un cloître de demoiselles où il lui avait parlé il y a peu.

Le roi demanda à Andolosie si son père ne pouvait pas la faire sortir de ce couvent ; qu'étant déjà vieux, il eût fort souhaité pourvoir son fils et assurer son royaume avant de mourir.

Andolosie promit de servir puissamment Sa Majesté en cette rencontre, et de faire en sorte que dans peu de temps Agrippine serait au palais de son père, ce que le roi approuva ; mais Andolosie le persuada d'envoyer, quinze jours après son départ, une ambassade honorable, l'assurant que son ambassadeur trouverait Agrippine au palais de son père. Il ajouta qu'il fallait faire le portrait de son fils, afin de porter Leurs Majestés britanniques à donner leur fille à un si beau prince.

Quand le fils du roi eut appris qu'Andolosie allait en Angleterre pour traiter son mariage, il lui recommanda soigneusement cette affaire, car il avait ouï parler de la beauté d'Agrippine.

Andolosie lui promit merveilles, et, ayant pris congé de ce jeune prince, il retourne à Famagouste, et conjure son frère de lui prêter le petit chapeau de souhait. Dès qu'il l'eut, il souhaita être au désert où croissaient les pommes qui font venir et disparaître les cornes.

Il y fut dans un instant, mais il ne pouvait discerner les unes d'avec les autres.

Toutefois, comme il ne voulait pas se retirer sans pommes, et qu'elles lui étaient nécessaires pour délivrer Agrippine de ses cornes, il s'enhardit d'en manger une, et aussitôt il devint cornu. Il quitta le premier arbre et prit du fruit d'un autre; dès qu'il l'eut mangé, sa corne disparut : il prit donc des unes et des autres, et s'en vint en Irlande heurter à la porte du couvent.

Il fit demander à l'abbesse permission de pouvoir s'entretenir quelque temps avec Agrippine en particulier, et, l'ayant obtenue, il interrogea la belle cornue si ses cornes la travaillaient autant qu'elles faisaient à son départ, et, au cas où on les lui ôtât, si elle désirait retourner en Angleterre. Elle répondit qu'elle souhaitait passionnément la perte de ses cornes, et qu'elle ne voulait être ailleurs qu'avec son père et sa mère. Andolosie l'assura que Dieu avait exaucé ses prières et ses souhaits ; il lui ordonna de manger une pomme : à l'instant on vit disparaître ses cornes.

Une fille la coiffa à son avantage, et elle se présenta de la sorte devant l'abbesse, qui la trouva si belle et si changée qu'elle appela toutes ses religieuses, pour la contempler.

Elles admirèrent cette prompte métamorphose ; mais Andolosie leur dit que ce n'était pas un grand sujet d'étonnement, et que toutes choses étaient possibles à Dieu ; qu'Agrippine était de sang royal ; qu'il voulait la rendre à ses parents, et qu'elle épouserait dans peu de temps le fils d'un roi et le plus beau prince de la terre.

Agrippine remarquait attentivement toutes les paroles d'Andolosie. Ils remercièrent conjointement l'abbesse, lui firent de grands présents, prirent congé d'elle, et aussitôt Agrippine fut enlevée et transportée à Londres, près du palais royal. Andolosie abhorrait tellement ce lieu qu'il s'en retourna chez son frère, à Famagouste.

CHAPITRE XL

Le retour d'Agrippine, et comment elle fut mariée au fils du roi de Chypre

Q uand le roi et la reine surent le retour d'Agrippine, ils s'en réjouirent extrêmement avec toute la cour, et on la couvrit des plus riches habillements que l'on put s'imaginer. Cependant l'ambassadeur du roi de Chypre arriva en Angleterre pour supplier Leurs Majestés de marier leur fille Agrippine au fils de son maître. L'ambassade était des plus belles ; il y avait un duc, deux comtes, plusieurs gentilshommes et écuyers, qui furent très bien reçus du roi.

Il n'y eut que la reine d'affligée, voyant qu'on parlait d'envoyer sa fille en un pays si éloigné, et à un prince dont on ne connaissait ni les mœurs ni la bonne mine. Cela obligea l'ambassadeur à présenter au roi le portrait du jeune prince. Sa Majesté demanda si le peintre l'avait bien représenté ; l'on répondit qu'il était infiniment plus beau et d'une belle taille, bien qu'il n'eût pas encore atteint l'âge de vingt-quatre ans. Ensuite la reine reçut le même portrait de la main du roi, et elle le fit voir à Agrippine, comme devant épouser le jeune monarque qu'il représentait. Elle fut touchée de la beauté de ce tableau, qui se trouva conforme à la peinture qu'Andolosie lui en avait faite, de sorte qu'elle se soumit entièrement aux volontés de ses parents. Aussitôt que Leurs Majestés eurent connu le désir d'Agrippine, elles conclurent le mariage avec les ambassadeurs de Chypre.

Le roi fit équiper plusieurs navires, et sa fille, vêtue royalement, avec une suite de même, prit congé de Leurs Majestés, après qu'on eut célébré les pompes et les solennités de son mariage.

Je ne vous entretiendrai pas des larmes qui furent répandues à ce départ, ni des souhaits que l'on fit pour la prospérité de ce voyage.

Ils eurent le vent si favorable qu'ils arrivèrent heureusement à Famagouste, où le roi avait envoyé les principales dames de la cour pour recevoir la nouvelle reine.

Il y avait dans les rues des tables chargées de toutes sortes de plats, et plusieurs fontaines de vin, dont chacun prenait à sa volonté. Ceux du pays, aussi bien que les étrangers, furent extrêmement joyeux d'une si belle alliance. Il n'y eut personne, sans distinction de sexe ni d'âge, qui ne voulût voir à son aise un si glorieux spectacle.

Les jeunes gens n'étaient pas moins ravis de cette entrée que les vieillards. Il n'y eut pas jusqu'aux malades qui ne quittassent leurs maisons, et ne fussent curieux de voir passer cette princesse, au mépris des ordonnances que prescrivent les médecins. Les uns disaient qu'ils ne se souciaient plus de vivre, puisqu'ils avaient eu le plaisir de voir une personne si aimable et si désirée ; et les autres, au contraire, disaient que c'était à cette heure qu'il fallait conserver sa vie pour la passer heureusement sous le règne de la plus belle de toutes les princesses, et qu'un siècle si agréable ne pouvait durer. Toutes les femmes eussent été bien aises de se sentir grosses, voyant que leur fécondité ne pouvait être qu'utile, tant à elles qu'à leur reine.

Après cette entrée, l'on ne vit que triomphes et carrosses, qui accompagnèrent la future femme du prince jusqu'à Nicosie, où Sa Majesté tenait ordinairement sa cour.

C'est en ce lieu que fut convoquée toute la noblesse, avec les principaux du royaume. Mais, s'ils furent bien reçus à Famagouste, ils le furent encore plus honorablement à Nicosie, tant par la reine mère et par le roi que par toute la cour. Ils vinrent descendre au palais royal, qu'on avait paré des plus superbes ornements pour la solennité de ce mariage. Tous les seigneurs et la plupart des habitants de Chypre apportèrent des présents à leur nouveau roi et à leur nouvelle reine, dont les noces durèrent six semaines et quatre jours.

Andolosie fit présent d'un grand navire chargé de malvoisie et de vin muscat, et rendit par ce moyen cette boisson aussi abondante que si elle eût été ordinaire en ces contrées.

CHAPITRE XLI

De l'adresse d'Andolosie à courir la lance et la bague, ce qui lui attira l'estime des dames et l'envie de la plupart des grands

Durant les noces, la noblesse courut plusieurs bagues, et tous les soirs, après le bal, la jeune reine mettait un chapeau de fleurs sur la tête du vainqueur. Andolosie fit des mieux en toutes sortes d'exercices, et on lui adjugea plusieurs fois le prix; mais Agrippine le donna par faveur au comte Théodore, Anglais de nation, qui l'avait accompagnée en son voyage. Andolosie n'en témoigna pas beaucoup de ressentiment, bien que chacun assurât qu'il l'avait mérité. Mais ce comte fut tellement piqué d'envie contre lui qu'il résolut, avec le comte de Limassol[26], d'assassiner Andolosie.

Leur entreprise fut secrète, et ils convinrent entre eux qu'après les noces ils attaqueraient Andolosie sur le chemin de Famagouste, mettraient à mort tous ses domestiques, le mèneraient prisonnier au château du comte de Limassol, hors des terres du roi, et lui donneraient la torture de si bonne sorte qu'il serait contraint de leur fournir de quoi entretenir un train honorable.

---

26 Limassol (en grec Λεμεσός / Lemesós, en turc Limasol), autrefois appelée Némosie, est la deuxième ville la plus importante de Chypre avec une population de 228 000 habitants actuellement.

CHAPITRE XLII
Comment Andolosie fut fait prisonnier et tous ses gens mis à mort

Les deux comtes s'embusquèrent sur le chemin, accompagnés de coupe-jarrets à leur solde, qui, ayant rencontré Andolosie comme il se retirait à Famagouste, tuèrent tous ses gens et le menèrent au château de Limassol, situé dans une île.

Il était si étroitement gardé qu'il ne pouvait ni sortir ni parler à personne ; il promit de grandes sommes à ceux qui le gardaient, mais ils n'osèrent pas s'y fier, et crurent qu'il ne tiendrait pas sa promesse quand il serait dehors. D'ailleurs Andolosie n'osait pas leur montrer sa bourse, et il se trouvait dans d'étranges inquiétudes.

Cependant les nouvelles viennent au roi qu'on a tué tous les valets d'Andolosie, et qu'on ignore si leur maître est mort ou en vie. Personne ne savait quels étaient les auteurs de cet assassinat, car les deux comtes étaient promptement retournés à la cour, et demeuraient dans le silence, comme s'ils eussent ignoré le crime.

Quand Ampedo eut appris le désastre de son frère, il dépêcha vers le roi pour supplier Sa Majesté de l'aider à recouvrer son frère. Elle fit réponse que cette perte l'affligeait beaucoup ; qu'elle ferait chercher soigneusement son frère en quelque endroit qu'il fût, et que, quand même elle devrait donner la moitié de son royaume, elle vengerait une si haute injustice.

CHAPITRE XLIII

Comment Ampedo mit en pièces le petit chapeau, et puis le brûla, afin qu'il ne tombât entre les mains de personne

Ampedo, voyant que la bourse était cause de la mort de son frère, crut que le petit chapeau pourrait bien causer la sienne. C'est pourquoi il va le prendre tout en colère, le met en pièces et le jette au feu, voulant le réduire en cendres, afin qu'il ne fût possédé de personne.

Cependant il dépêcha plusieurs personnes au roi ; mais il lui fut impossible d'en apprendre aucune nouvelle de son frère, ce qui lui serra tellement le cœur qu'il tomba malade, et mourut quelque temps après. Quand les deux comtes apprirent que le roi s'affligeait de la mort du pauvre Andolosie, ils firent aussi semblant d'en être bien affligés.

Sa Majesté fit publier à son de trompe que, si quelqu'un pouvait en dire des nouvelles, il aurait mille ducats ; mais on ne découvrit rien.

Environ ce temps-là, le comte de Limassol prit congé du roi, et vint à son château, où Andolosie était prisonnier. Dès qu'il vit le comte, il ressentit une certaine joie secrète, et il le supplia de l'aider à sortir de ce lieu. Il l'assura qu'il ne savait de qui il était prisonnier, et qu'il était prêt de satisfaire tous ceux qui se plaindraient de lui. Le comte répondit qu'on ne l'avait pas emprisonné pour le relâcher, qu'il était son prisonnier, qu'il dirait sur-le-champ où il prenait l'argent qu'il dépensait avec tant de prodigalité, et que, s'il ne le déclarait promptement, il lui ferait donner une si rude gêne[27] qu'il serait contraint de le dire.

Ces paroles effrayèrent bien fort Andolosie, et il était si interdit qu'il ne savait que répondre. Pour donner plus de couleur à ses pa-

---
27 Torture, tourment.

roles, il dit qu'en sa maison, à Famagouste, son père lui avait montré, avant de mourir, un puits caché où il revenait autant d'argent qu'il pouvait en prendre, et qu'il lui ferait voir l'endroit s'il le faisait porter à Famagouste comme son prisonnier.

Le comte ne se laissa point abuser à tous ses discours ; mais, après l'avoir délivré de ses chaînes, il lui fit donner la question, le laissant longtemps sur le chevalet et l'entretenant toujours sur la même matière.

La violence des tourments fit déclarer à Andolosie la vérité de l'affaire ; il donna la bienheureuse bourse, dont ce méchant comte fit l'essai. Aussitôt il le fit charger de ses premières chaînes, et le confia à la garde du plus fidèle de ses domestiques.

Il ne manqua pas de payer ses créanciers et d'acquitter toutes ses dettes. Il munit son château de toutes les choses nécessaires, et revint le plus joyeux du monde à la cour.

Son compagnon, le comte Théodore, le reçut avec joie et lui demanda le traitement qu'il avait fait à Andolosie. Il lui raconta toutes choses, les chaînes dont il l'avait chargé, sa prison, et qu'il n'aurait jamais eu la bourse s'il ne lui eût appliqué la torture.

Le comte Théodore trouva fort mauvais qu'il lui eût accordé la vie, et souhaitait sa mort avec une impatience extrême. Comme il avait ouï dire à la cour qu'Andolosie était magicien et qu'il volait en l'air, il craignait toujours qu'il ne s'échappât, et que leur malice ne fût découverte au roi, dont ils ne pouvaient qu'encourir l'indignation, si même ils n'étaient exposés à perdre la vie. Le comte de Limassol l'assura qu'il était bien enchaîné, qu'il ne pouvait aucunement leur nuire, et que toute la magie du monde ne le tirerait pas de son château.

Ils se mirent ensuite à tirer de l'argent de cette bourse autant qu'ils en voulurent. Chacun eût bien souhaité avoir la bourse ; mais ils s'accordèrent entre eux qu'ils la posséderaient alternativement ; que l'un en jouirait six mois, et l'autre tout autant ; que le comte de

Limassol, comme étant le plus jeune, garderait la bourse, pendant les six premiers mois, et que son compagnon l'aurait pareillement à son tour.

Quoiqu'ils eussent de l'argent en abondance, néanmoins ils n'osaient pas beaucoup paraître, de peur qu'on ne les soupçonnât.

Le comte Théodore disait toujours qu'il aimerait mieux voir Andolosie au nombre des morts que parmi les vivants. Il craignait de perdre la bourse, et il se promettait bien que, s'il l'avait une fois en sa puissance, il irait si loin qu'il n'appréhenderait ni le roi ni le comte de Limassol. C'est pourquoi il pria ce comte de lui donner un de ses domestiques, avec des lettres d'assurance pour entrer dans la prison où était Andolosie.

Après que le comte Théodore eut obtenu de son compagnon toutes ces choses, il prit congé du roi, auquel il témoigna une grande passion de voir les pays étrangers. Sa Majesté lui en donna la permission, et il se hâta de se rendre dans la ville de Limassol.

CHAPITRE XLIV

Comment on étrangla Andolosie, après lui avoir ôté sa bourse.

Le comte Théodore se fit ouvrir le château et conduire dans la prison où était le pauvre Andolosie. Aussitôt que le prisonnier aperçut le comte, il s'imagina que son compagnon l'avait envoyé pour le faire sortir de ce cachot, et que ces deux seigneurs se contenteraient de sa bourse. Mais ce comte impitoyable vit d'un œil sec les membres à demi pourris d'Andolosie. Ni un si triste spectacle ni la pesanteur de tant de chaînes n'attendrirent le cœur de ce barbare, qui fit cent demandes impertinentes à ce pauvre infortuné.

— N'avez-vous point de bourse semblable à celle que vous avez donnée au comte de Limassol, mon ami intime ? Il faut que vous m'en donniez une aussi bien qu'à lui, dit ce bourreau. On dit que vous êtes le plus grand nécromancien de la terre ; que vous cheminez dans l'air, et conjurez tous les diables. Ne sauriez-vous les conjurer à cette heure, afin qu'ils vous prêtent leur assistance ?

Andolosie. lui répondit qu'il n'avait point d'autre bourse ; qu'il laissait de bon cœur à messeigneurs les comtes celle qu'il leur avait délivrée ; qu'il ne la redemanderait jamais, et qu'il suppliait très humblement le comte de le faire sortir de prison, afin de se préparer à la mort.

— Avez-vous attendu jusqu'à cette heure à songer au salut de votre âme ? réplique le comte. Que n'y pensiez-vous lorsque vous paraissiez si superbement à la cour du roi et de la reine ? Où sont les belles dames que vous serviez si bien, qui vous donnaient de si beaux prix, et qui vous rendaient si insolent durant votre prospérité ? Dites-leur maintenant qu'elles viennent vous secourir. Ne souhaitez point la liberté et ne vous ennuyez pas dans la prison, vous n'y serez pas longtemps.

Il laisse là ce malheureux et va trouver le geôlier, auquel il offre cinquante ducats pour étrangler Andolosie. Une cruauté si barbare arracha des larmes à ce geôlier, qui, bien loin de commettre une action si inhumaine, représenta au comte qu'un homme si faible et si débile ne pouvait pas être longtemps sans rendre l'âme.

À ce refus, Théodore lui demanda une corde pour étrangler lui-même Andolosie, jurant qu'il ne partirait point de la prison sans le voir mort.

Enfin, voyant que personne n'obéissait à sa passion, il prit son écharpe, la passa au cou d'Andolosie, et avec son poignard la tordit si fort qu'il étrangla le pauvre infortuné.

Après une action si détestable, il retourna à la cour du roi de Chypre, et reçut du comte de Limassol mille compliments pour un si heureux retour.

Il lui demanda si sa ville ne lui semblait pas belle, et voulut savoir aussi le traitement qu'il avait fait à Andolosie.

Théodore lui répondit que son château lui plaisait infiniment ; qu'Andolosie n'était plus à craindre ; que lui-même l'avait étranglé de ses propres mains, et qu'à cette heure qu'il était bien assuré de sa mort il n'avait plus aucune inquiétude.

Mais ce comte ne savait pas le mal qu'il s'était procuré en croyant se faire un grand bien.

Cependant les six mois expirèrent, et Théodore voulut posséder la bourse à son tour. Il la demanda donc au comte de Limassol, qui n'en fit aucun refus. Il dit seulement que la vue de cette bourse lui donnait de la compassion pour Andolosie, de la mort qu'il lui avait fait souffrir, puisque de lui-même il devait expirer dans peu de temps.

Le cruel Théodore l'assura qu'un mort n'était point à craindre, et ne pouvait apporter aucun trouble, comme lorsqu'il était en vie.

Cependant ils vont dans la chambre du comte de Limassol, qui sort la bourse de son cabinet et la jette sur la table. Théodore la saisit avec joie, et, voulant prendre de l'argent comme il avait fait autrefois, il fut bien surpris de voir qu'elle n'en donnait point. Il ne savait pas que la mort d'Ampedo et d'Andolosie eût fait mourir aussi la vertu et la force de cette bourse.

Théodore dit tout enflammé de colère et de rage :

— Ô comte perfide et infidèle, est-ce ainsi que vous me trahissez ? Quoi ! vous supposez une bourse ordinaire et commune, au lieu de celle d'Andolosie ! Cela n'ira pas ainsi, et je vous prie de m'apporter promptement la véritable bourse.

Le comte de Limassol se donna à tous les mille diables, protestant que c'était la même, qu'il n'en avait point d'autre, et qu'il ignorait la cause de ce que sa bourse ne produisait pas son effet ordinaire.

Théodore ne se payait point de ces paroles, et sa colère s'enflammait davantage. Il s'emporta horriblement contre le comte de Limassol, l'appelant traître, méchant, et cent mille autres injures, jusque-là qu'il en vint aux armes.

Le comte de Limassol, voyant l'épée nue de son compagnon, trouve pareillement une épée, et ils en viennent aux mains. Ils firent un tel bruit et un si grand tintamarre que les serviteurs enfoncèrent la porte, et, voyant leur maître poursuivi de la sorte, ils se mirent entre eux deux et les séparèrent. Mais le comte de Limassol était blessé à mort ; ses domestiques ne songèrent plus qu'à le faire panser.

Aussitôt la nouvelle vint à la cour du roi que ces deux comtes, qui avaient toujours été bons amis, s'étaient battus et avaient une haine mortelle l'un contre l'autre. Sa Majesté commanda qu'on amenât prisonniers ces deux personnages, afin d'apprendre le sujet de leur dispute ; mais on ne lui présenta que le comte Théodore, car le comte de Limassol n'en pouvait plus.

CHAPITRE XLV

Comment le meurtre d'Andolosie fut découvert, et la punition que le roi fit faire des meurtriers

On demanda à Théodore le sujet de sa querelle avec le comte de Limassol, qui était son intime ami, mais il ne voulut pas répondre : c'est pourquoi on le mit à la question, et alors il fut forcé de révéler tout ce qui s'était passé.

Quand le roi apprit le traitement qui avait été fait à Andolosie, il entra dans une telle colère contre les meurtriers qu'il les condamna à être rompus vifs. Le comte de Limassol étant mort, il commanda qu'on mît son cadavre sur la roue pour en faire justice. Les sentences du roi furent exécutées ponctuellement, tant il est vrai que la justice divine sait atteindre tous les crimes et ne laisse jamais rien d'impuni sur la terre.

Après l'exécution de ces deux meurtriers, qui d'amis étaient devenus d'irréconciliables ennemis pour une simple bourse, le roi envoya les officiers de sa justice dans la ville de Limassol, avec commandement de raser le château, de brûler tout le pays et de prendre les hommes et les femmes qui avaient trempé dans ce meurtre, ainsi que ceux qui en avaient eu connaissance et ne l'avaient pas déclaré, de sorte que personne ne fût épargné.

Ces messieurs apprirent du voisinage qu'on avait jeté le corps d'Andolosie dans un fossé plein d'eau. On le retira et on le fit porter en grande pompe à Famagouste. Le roi, après lui avoir fait rendre les honneurs funèbres, ordonna qu'il fût enseveli dans l'église superbe que son père avait fondée.

Leurs Majestés et toute la cour prirent le deuil pour l'amour du fidèle Andolosie. Comme il n'avait point d'héritiers, le fils du roi s'empara du beau palais de Famagouste. Il y trouva tant de richesses, d'ameublements, de pierreries et de trésors, qu'il fit venir Agrippine, sa femme, et ils habitèrent ce palais jusqu'à la mort du roi, son père.

POSTFACE

NOTE DU BIBLIOPHILE :

Il existe une version du présent conte philosophique, additionnée d'une *Lettre burlesque de M. d'Alibray à son ami Polyanthe*. J'ai fait l'économie de cette *Lettre*, la trouvant boursouflée, plus de ridicule et de prétention, que d'humour ; d'autant plus que, truffée de citations latines, elle n'apporte rien à notre conte. Si toutefois vous la trouviez indispensable pour votre culture, et que vous souhaitiez en prendre connaissance ou encore l'acquérir, sachez qu'elle existe en version originale (en vieux français donc) et en fac-similé, dans la collection Hachette-BNF, au prix – au jour où je mets sous presse – de 15,50 € pour 214 pages annoncées.

Comme d'habitude, le texte a été toiletté, modernisant quelque peu le vocabulaire, annoté, et parfois rectifié. Ainsi, par exemple, Limassol n'est pas une île comme l'indique le texte initial, mais une ville côtière de l'île chypriote.

Enfin, le prix public a été porté symboliquement au montant du SMIC horaire (11,27 €), tout comme l'avait été à l'époque mon premier ouvrage, *Les Très-mirifiques et Très-édifiantes Aventures du Hodja Nasr Eddin*. Que l'on songe qu'une simple place de cinéma, pour un film de moins de deux heures, oscille entre 8 et 14,20 €, avec une moyenne de 11 € la place. Tandis que ce livre pourra être lu et relu à volonté, partagé, voire prêté.

TABLE DES MATIÈRES

PRÉFACE, par Henry Fouquier ... page 7

NOTE DES ÉDITEURS ... 15

CHAPITRE Ier. – De la naissance de Fortunatus et du commencement de sa bonne et de sa mauvaise fortune ... 19

CHAP. II. – Comment Fortunatus obtient la faveur du comte de Flandres... 24

CHAP. III. – Comment Fortunatus gagna des prix à la joute et comment il s'enfuit de la cour du comte de Flandres... 26

CHAP. IV. – Comment Fortunatus arrive à Londres, où il fait de mauvaises connaissances... 31

CHAP. V. – Comment Fortunatus dépensa tout son argent dans la débauche et se vit réduit à une extrême pauvreté... 32

CHAP. VI. – Comment l'amie de Fortunatus ne lui voulut pas prêter d'argent, et comment il entra au service d'un marchand... 33

CHAP. VII. – Comment un gentilhomme fut assassiné, et du danger où se trouva Fortunatus... 35

CHAP. VIII. – Comment Robert et tous ceux de sa maison furent pendus, et comment les joyaux furent retrouvés... 41

CHAP. IX. – Par quel moyen on trouva les joyaux dans la maison du gentilhomme, et comment ils furent rendus au roi... 42

CHAP. X. – Comment Fortunatus s'égare dans un bois, et ce qui lui arrivé... 44

CHAP. XI. – De la bourse merveilleuse que Fortunatus reçut de la Fortune ... 46

CHAP. XII. – Le séjour de Fortunatus à la taverne, et comment, après avoir acheté des chevaux qu'un comte marchandait, il fut fait prisonnier et se vit en plus grand danger qu'auparavant... 48

CHAP. XIII. – Du séjour de Fortunatus à Angers ... 52

CHAP. XIV. – Comment Fortunatus vint en Irlande pour voir le purgatoire de Saint-Patrice ... 54

CHAP. XV. – Comment Fortunatus passa de Venise à Constantinople le couronnement d'un nouvel empereur... 57

CHAP. XVI. – De la fille d'un pauvre homme, à laquelle Fortunatus donna quatre cents ducats en mariage ... 61

CHAP. XVII. – Comment l'hôte, pensant voler Fortunatus, fut tué par Léopold... 63

CHAP. XVIII. – Comment Léopold jeta le mort dans un puits... 64

CHAP. XIX.– Du palais superbe que Fortunatus fit bâtir à Famagouste ... 66

CHAP. XX. – Des trois sœurs que le roi présenta à Fortunatus, et comment il choisit la plus jeune pour sa femme ... 68

CHAP. XXI. – Du mariage de Fortunatus avec Cassandre... 70

CHAP. XXII. – Comment Leurs Majestés remirent la belle Cassandre à Fortunatus, et des bagues qu'il fit courir durant plusieurs jours... 71

CHAP. XXIII. – Comment la belle Cassandre accoucha d'un fils... 73

CHAP. XXIV. – Du voyage que fit Fortunatus en Turquie... 74

CHAP. XXV. – L'arrivée de Fortunatus aux Indes et son retour à Alexandrie ... 77

CHAP. XXVI. – Comment le Soudan montra ses trésors à Fortunatus, lequel lui enleva son chapeau merveilleux... 79

CHAP. XXVII. – De l'ambassadeur que le Soudan envoya à Fortunatus pour ravoir son chapeau ... 82

CHAP. XXVIII. –— Les dernières paroles de Fortunatus avant de mourir ... 85

CHAP. XXIX. – Le départ d'Andolosie avec sa bourse, et comment il vint à la cour du roi de France... 87

CHAP. XXX. – Comment on trompa Andolosie en lui supposant une personne pour une autre... 89

CHAP. XXXI. – Le retour du roi d'Angleterre et d'Andolosie, et comment Sa Majesté l'invita à dîner ... 91

CHAP. XXXII. – Comment Agrippine, par ses feintes, emporta la bourse d'Andolosie. ... 93

CHAP. XXXIII. – De l'étonnement où se trouve Andolosie, ayant perdu sa bourse, et comment il congédia tous ses serviteurs, puis s'enfuit secrètement à Famagouste ... 96

CHAP. XXXIV. – Des plaintes qu'Andolosie fait à son frère pour la perte de sa bourse ... 97

CHAP. XXXV. – Comment Andolosie, avec le chapeau de son frère, se souhaita en Angleterre, où il enleva Agrippine et sa bourse ... 98

CHAP. XXXVI. – La rencontre qu'Andolosie fit d'un ermite qui lui apprit le moyen d'ôter les cornes... 101

CHAP. XXXVII. – Comment Andolosie, déguisé en médecin, ôta les cornes d'Agrippine et recouvra par ce moyen son petit chapeau et sa bourse ... 104

CHAP. XXXVIII. – Comment Andolosie, en se baissant pour ramasser son bonnet, trouva son chapeau ... 107

CHAP. XXXIX. – Comment Andolosie mit Agrippine dans un couvent et la recommanda à l'abbesse ... 111

CHAP. XL. – Le retour d'Agrippine, et comment elle fut mariée au roi de Chypre ... 116

CHAP. XLI. – De l'adresse d'Andolosie à courir la lance et la bague, ce qui lui attira l'estime des dames et l'envie de la plupart des grands ... 119

CHAP. XLII. – Comment Andolosie fut fait prisonnier et tous ses gens mis à mort ... 120

CHAP. XLIII. – Comment Ampedo mit en pièces le petit chapeau, et puis le brûla, afin qu'il ne tombât entre les mains de personne. ... 121

CHAP. XLIV. – Comment on étrangla Andolosie après lui avoir ôté sa bourse ... 124

CHAP. XLV. – Comment le meurtre d'Andolosie fut découvert, et la punition que le roi fit faire des meurtriers ... 127

POSTFACE...129